JN166846

100分間で楽しむ名作小説

白痴

坂口安吾

角川文庫
24403

目次

白痴 ... 五

風博士 ... 八九

行雲流水 ... 一〇三

私は海をだきしめていたい ...

注釈 ... 一三三

白痴

その家には人間と豚と犬と鶏と家鴨《あひる》が住んでいたが、まったく、住む建物もおのおのの食物もほとんど変わっていやしない。物置のようなひん曲がった建物があって、階下には主人夫婦、天井裏には母と娘が間借りしていて、この娘は相手のわからぬ子供を孕《はら》んでいる。

伊沢の借りている一室は母屋から分離した小屋で、ここは昔この家の肺病の息子がねていたそうだが、肺病の豚にも贅沢《ぜいたく》すぎる小屋ではない。それでも押し入れと便所と戸棚《とだな》がついていた。

主人夫婦は仕立屋で町内のお針の先生などもやり（それゆえ肺病の息子を別の小屋へ入れたのだ）町会の役員などもやっている。間借りの娘は元来町会の事務員だったが、町会事務所に寝泊まりしていて町会長と仕立屋を除いた他の役員の全部の者（十数人）と公平に関係を結んだそうで、そのうちの誰かの種を宿したわけだ。そこで町会の役員どもが醵金《きょきん》してこの屋根裏で子供の始末をつけさせようというのだが、世間は無駄《むだ》がないもので、役員の一人に豆腐屋がいて、この男だけ娘が妊娠してこの屋根裏にひそんだ後も通ってきて、結局娘はこの男の妾《めかけ》のようにきまってしまった。他の役員どもはこれがわかるとさっそく醵金をやめてしまい、この分かれめの一か月分の生活費は豆腐屋が負担すべきだと主張して、支払いに応じない八百屋と時計屋と地主と何屋だか七、八人あり（一人当たり金五円）娘は今に至るまで地団駄ふんでいる。

この娘は大きな口と大きな二つの眼の玉をつけていて、そのくせひどく痩《や》せこけていた。家鴨を嫌《きら》って、鶏にだけ食物の残りをやろうとするのだが、家鴨が横からまきあげるので、毎日腹を立てて家鴨を追っかけている。大きな腹と尻《しり》を前後に突きだして奇妙な直立の姿勢で走る恰好《かっこう》が家鴨に似ているのであった。

この路地の出口に煙草屋があって、五十五という婆さんが白粉つけて住んでおり、七人めとか八人めとかの情夫を追いだして、その代わりを中年の坊主にしようか、やはり中年の何屋だかにしようかと煩悶《はんもん》中の由であり、若い男が裏口から煙草を買いに行くと幾つか売ってくれる由で（ただし闇《やみ》値《ね》）先生（伊沢のこと）も裏口から行ってごらんなさいと仕立屋が言うのだが、あいにく伊沢は勤め先で特配があるので婆さんの世話にならずにすんでいた。

ところがその筋向かいの米の配給所の裏手に小金を握った未亡人が住んでいて、兄（職工）と妹と二人の子供があるのだが、この真実の兄弟が夫婦の関係を結んでいる。けれども未亡人は結局その方が安上がりだと黙認しているうちに、兄の方に女ができた。そこで妹の方をかたづける必要があって親戚《しんせき》に当たる五十とか六十とかの老人のところへ嫁入りということになり、妹が猫イラズを飲んだ。飲んでおいて仕立屋（伊沢の下宿）へお稽古《けいこ》にきて苦しみはじめ、結局死んでしまったが、そのとき町内の医者が心臓麻痺《まひ》の診断書をくれて話はそのまま消えてしまった。え？　どの医者がそんな便利な診断書をくれるんですか、と伊沢が仰天して訊《たず》ねると、仕立屋の方が呆気《あつけ》にとられた面持ちで、なんですか、よそじゃ、そうじゃないんですか、と訊《き》いた。

このへんは安アパートが林立し、それらの部屋の何分の一かを妾と淫売《いんばい》が住んでいる。それらの女たちは子供がなく、また、おのおのの部屋を綺麗にするという共通の性質をもっているので、そのために管理人に喜ばれて、その私生活の乱脈さ背徳性などは問題になったことが一度もない。アパートの半数以上は軍需工場の寮となり、そこにも女子挺身隊の集団が住んでいて、何課の誰さんの愛人だの課長殿の戦時夫人（というのはつまり本物の夫人は疎開中ということだ）だの重役の二号だの会社を休んで月給だけもらっている妊娠中の挺身隊だのがいるのである。中に一人五百円の妾というのが一戸を構えていて羨望《せんぼう》の的であった。人殺しが商売だったという満洲浪人（この妹は仕立屋の弟子）の隣は指圧の先生でその隣は仕立屋銀次の流れをくむその道の達人だということであり、その裏に海軍少尉がいるのだが、毎日魚を食い珈琲《コーヒー》をのみ罐詰《かんづめ》をあけ酒を飲み、このあたりは一尺掘ると水がでるので、防空壕《ごう》の作りようもないというのに、少尉だけはセメントを用いて自宅よりも立派な防空壕をもっていた。また、伊沢が通勤に通る道筋の百貨店（木造二階建て）は戦争で商品がなく休業中だが、二階では連日賭場《とば》が開帳されており、その顔役は幾つかの国民酒場を占領して行列の人民どもを睨《にら》みつけて連日泥酔《でいすい》していた。

伊沢は大学を卒業すると新聞記者になり、つづいて文化映画の演出家（まだ見習いで単独演出したことはない）になった男で、二十七の年齢にくらべれば裏側の人生にいくらか知識はあるはずで、政治家、軍人、実業家、芸人などの内幕に多少の消息は心得ていたが、場末の小工場とアパートにとりかこまれた商店街の生態がこんなものだとは想像もしていなかった。戦争以来人心が荒《すさ》んだせいだろうと訊いてみると、いえ、なんですよ、このへんじゃ、先からこんなものでしたねえと、仕立屋は哲学者のような面持ちで静かに答えるのであった。

けれども最大の人物は伊沢の隣人であった。

この隣人は気違いだった。相当の資産があり、わざわざ路地のどん底を選んで家を建てたのも気違いの心づかいで、泥棒ないし無用の者の侵入を極度に嫌った結果だろうと思われる。なぜなら、路地のどん底に辿《たど》りつきこの家の門をくぐって見廻すけれども戸口というものがないからで、見渡すかぎり格子《こうし》のはまった窓ばかり、この家の玄関は門と正反対の裏側にあって、要するにいっぺんグルリと建物を廻った上でないと辿りつくことができない。無用の侵入者は匙《さじ》を投げて引き下がる仕組みであり、ないしは玄関を探してうろつくうちに何者かの侵入を見破って警戒管制にはいるという仕組みであって、隣人は浮世の俗物どもを好んでいないのだ。この家は相当間数のある二階建てであったが、内部の仕掛けについては物知りの仕立屋も多く知らなかった。

気違いは三十前後で、母親があり、二十五、六の女房があった。母親だけは正気の人間の部類に属しているはずだという話であったが、強度のヒステリーで、配給に不服があると跣足《はだし》で町会へ乗り込んでくる町内唯一の女傑であり、気違いの女房は白痴であった。ある幸《さち》多き年のこと、気違いが発心して白装束に身をかため四国遍路に旅立ったが、そのとき四国のどこかしらで白痴の女と意気投合し、遍路みやげに女房をつれて戻ってきた。気違いは風采《ふうさい》堂々たる好男子であり、白痴の女房はこれもしかるべき家柄のしかるべき娘のような品のよさで、眼の細々とうっとうしい、瓜実《うりざね》顔の古風の人形か能面のような美しい顔立ちで、二人並べて眺めただけでは、美男美女、それも相当教養深遠な好一対としか見受けられない。気違いは度の強い近眼鏡をかけ、常に万巻の読書に疲れたような憂わしげな顔をしていた。

　ある日この路地で防空演習があってオカミさんたちが活躍していると、着流し姿でゲタゲタ笑いながら見物していたのがこの男で、そのうちにわかに防空服装に着かえて現われて一人のバケツをひったくったかと思うと、エイとか、ヤーとか、ホーホーという数種類の奇妙な声をかけて水を汲《く》み水を投げ、梯子《はしご》をかけて塀《へい》に登り、屋根の上から号令をかけ、やがて一場の演説（訓辞）を始めた。伊沢はこのときに至って始めて気違いであることに気づいたので、この隣人は時時垣根《かきね》から侵入してきて仕立屋の豚小屋で残飯のバケツをぶちまけ、ついでに家鴨に石をぶつけ、全然何食わぬ顔をして鶏に餌《えさ》をやりながら突然蹴《け》とばしたりするのであったが、相当の人物と考えていたので、静かに黙礼などを取りかわしていたのであった。

だが、気違いと常人とどこが違っているというのだ。違っているといえば、気違いの方が常人よりも本質的に慎み深いぐらいのもので、気違いは笑いたい時にゲタゲタ笑い、演説したい時に演説をやり、家鴨に石をぶつけたり、二時間ぐらい豚の顔や尻を突ついていたりする。けれども彼らは本質的にはるかに人目を怖《おそ》れており、私生活の主要な部分は特別細心の注意を払って他人から絶縁しようと腐心している。門からグルリと一廻りして玄関をつけたのもそのためであり、彼らの私生活は概して物音がすくなく、他に対して無用なる饒舌《じょうぜつ》に乏しく、思索的なものであった。路地の片側はアパートで伊沢の小屋にのしかかるように年じゅう水の流れる音と女房どもの下品な声が溢れており、姉妹の淫売が住んでいて、姉に客のある夜は妹が廊下を歩きつづけており、妹に客のある時は姉が深夜の廊下を歩いている。気違いがゲタゲタ笑うというだけで人々は別の人種だと思っていた。

白痴の女房は特別静かでおとなしかった。何かおどおどと口の中で言うだけで、その言葉はよくききとれず、言葉のききとれる時でも意味が、ハッキリしなかった。料理も、米を炊くことも知らず、やらせればできるかもしれないが、ヘマをやって怒られるとおどおどしてますますヘマをやるばかり、配給物をとりに行っても自身では何もできず、ただ立っているというだけで、みんな近所の者がしてくれるのだ。気違いの女房ですもの白痴でも当然、その上の欲を言ってはいけますまいと人々が言うが、母親は大の不服で、女が御飯ぐらい炊けなくって、と怒っている。それでも常はたしなみのある品のよい婆さんなのだが、何がさて一方ならぬヒステリーで、狂い出すと気違い以上に獰猛《どうもう》で三人の気違いのうち婆さんの叫喚が図ぬけて騒がしく病的だった。白痴の女は怯《おび》えてしまって、何事もない平和な日々ですら常におどおどし、人の跫音《あしおと》にもギクリとして、伊沢がヤアと挨拶《あいさつ》するとかえってボンヤリして立ちすくむのであった。

白痴の女も時々豚小屋へやってきた。気違いの方は我が家のごとくに堂々と侵入してきて家鴨に石をぶつけたり豚の頰《ほ》っぺたを突き廻したりしているのだが、白痴の女は音もなく影のごとくに逃げこんできて豚小屋の陰に息をひそめているのであった。いわばここは彼女の待避所で、そういう時には大概隣家でオサヨさんオサヨさんとよぶ婆さんの鳥類的な叫びが起こり、そのたびに白痴の身体はすくんだり傾いたり反響を起こし、仕方なく動き出すには虫の抵抗の動きのような長い反復があるのであった。

新聞記者だの文化映画の演出家などは賤業《せんぎょう》中の賤業であった。彼らの心得ているのは時代の流行ということだけで、動く時間に乗り遅れまいとすることだけが生活であり、自我の追求、個性や独創というものはこの世界には存在しない。彼らの日常の会話の中には会社員だの官吏だの学校の教師に比べて自我だの人間だの個性だの独創だのという言葉が氾濫しすぎているのであったが、それは言葉の上だけの存在であり、有り金をはたいて女を口説いて宿酔《ふつかよい》の苦痛が人間の悩みだと言うような馬鹿馬鹿しいものなのだった。ああ日の丸の感激だの、兵隊さんよありがとう、思わず目頭が熱くなったり、ズドズドズドは爆撃の音、無我夢中で地上に伏し、パンパンパンは機銃の音、およそ精神の高さもなければ一行の実感すらもない架空の文章に憂身をやつし、映画をつくり、戦争の表現とはそういうものだと思いこんでいる。またある者は軍部の検閲で書きようがないと言うけれども、他に真実の文章の心当たりがあるわけでなく、文章自体の真実や実感は検閲などには関係のない存在だ。要するにいかなる時代にもこの連中には内容がなく空虚な自我があるだけだ。流行しだいで右から左へどうにでもなり、通俗小説の表現などからお手本を学んで時代の表現だと思いこんでいる。事実時代というものはただそれだけの浅薄愚劣なものであり、日本二千年の歴史を覆《くつがえ》すこの戦争と敗北がはたして人間の真実に何の関係があったであろうか。最も内省の稀薄《きはく》な意志と衆愚の妄動《もうどう》だけによって一国の運命が動いている。部長だの社長の前で個性だの独創だのと言い出すと顔をそむけて馬鹿な奴だという言外の表示を見せて、兵隊さんよありがとう、ああ日の丸の感激、思わず目頭が熱くなり、ＯＫ、新聞記者とはそれだけで、事実、時代そのものがそれだけだ。

師団長閣下の訓辞を三分間もかかって長々と写す必要がありますか、職工たちの毎朝のノリトのような変テコな唄を一から十まで写す必要があるのですか、と訊いてみると、部長はプイと顔をそむけて舌打ちしてやにわに振り向くと貴重品の煙草をグシャリ灰皿へ押しつぶして睨みつけて、おい、怒濤《どとう》の時代に美が何物だい、芸術は無力だ！　ニュースだけが真実なんだ！　と怒鳴るのであった。演出家どもは演出家どもで、企画部員は企画部員で、徒党を組み、徳川時代の長脇差と同じような情誼《じょうぎ》の世界をつくりだし義理人情で才能を処理して、会社員よりも会社員的な順番制度をつくっている。それによって各自の凡庸さを擁護し、芸術の個性と天才による争覇《そうは》を罪悪視し組合違反と心得て、相互扶助の精神による才能の貧困の救済組織を完備していた。内にあっては才能の貧困の救済組織であるけれども外に出てはアルコールの獲得組織で、この徒党は国民酒場を占領し三、四本ずつビールを飲み酔っ払って芸術を論じている。彼らの帽子や長髪やネクタイの上着《ブルース》は芸術家であったが、彼らの魂や根性は会社員よりも会社員的であった。伊沢は芸術の独創を信じ、個性の独自性を諦《あきら》めることができないので、義理人情の制度の中で安息することができないばかりか、その凡庸さと低俗卑劣な魂を憎まずにいられなかった。彼は徒党の除《の》け者となり、挨拶しても返事もされず、中には睨む者もある。思いきって社長室へ乗り込んで、戦争と芸術性の貧困とに理論上の必然性がありますか。それとも軍部の意志ですか、ただ現実を写すだけならカメラと指が二、三本あるだけでたくさんですよ。いかなるアングルによってこれを裁断し芸術に構成するかという特別な使命のために我々芸術家の存在が――社長は途中で顔をそむけて苦りきって煙草をふかし、お前はなぜ会社をやめないのか、徴用が怖《こわ》いからか、という顔付きで苦笑をはじめ、会社の企画どおり世間なみの仕事に精をだすだけで、それで月給がもらえるならよけいなことを考えるな、生意気すぎるという顔付きになり、一言も返事せずに、帰れという身振りを示すのであった。

賤業中の賤業でなくて何物であろうか。ひと思いに兵隊にとられ、考える苦しさから救われるなら、弾丸も飢餓もむしろ太平楽のようにすら思われる時があるほどだった。

伊沢の会社では「ラバウルを陥《おと》すな」とか「飛行機をラバウルへ！」とか企画をたてコンテを作っているうちに米軍はもうラバウルを通りこしてサイパンに上陸していた。「サイパン決戦！」企画会議も終わらぬうちにサイパン玉砕、そのサイパンから米機が頭上にとびはじめている。「焼夷《しょうい》弾《だん》の消し方」「空の体当たり」「ジャガ芋の作り方」「一機も生きて返すまじ」「節電と飛行機」不思議な情熱であった。底知れぬ退屈を植えつける奇妙な映画が次々と作られ、生フィルムは欠乏し、動くカメラは少なくなり、芸術家たちの情熱は白熱的に狂躁《きょうそう》し「神風特攻隊」「本土決戦」「ああ桜は散りぬ」何ものかに憑《つ》かれたごとく彼らの詩情は興奮している。そして蒼《あお》ざめた紙のごとく退屈無限の映画がつくられ、明日の東京は廃墟《はいきょ》になろうとしていた。

伊沢の情熱は死んでいた。朝目がさめる。今日も会社へ行くのかと思うと睡《ねむ》くなり、うとうとすると警戒警報がなりひびき、起き上がりゲートルをまき煙草を一本ぬきだして火をつける。ああ会社を休むとこの煙草がなくなるのだな、と考えるのであった。

ある晩、おそくなり、ようやく終電にとりつくことのできた伊沢は、すでに私線がなかったので、相当の夜道を歩いて我が家へ戻ってきた。あかりをつけると奇妙に万年床の姿が見えず、留守中誰かが掃除をしたということも、誰かが這入《はい》ったことすらも例がないので訝《いぶか》りながら押し入れをあけると、積み重ねた蒲団《ふとん》の横に白痴の女がかくれていた。不安の眼で伊沢の顔色をうかがい蒲団の間へ顔をもぐらしてしまったが、伊沢の怒らぬことを知ると安堵《あんど》のために親しさが溢れ、呆《あき》れるぐらい落ち着いてしまった。口の中でブツブツと呟くようにしか物を言わず、その呟きもこっちの訊ねることと何の関係もないことをああ言いまたこう言い自分自身の思いつめたことだけをそれもしごく漠然と要約して断片的に言い綴《つづ》っている。伊沢は問わずに事情をさとり、たぶん叱られて思い余って逃げこんできたのだろうと思ったから、無益な怯《おび》えをなるべく与えぬ配慮によって質問を省略し、いつごろどこから這入ってきたかということだけを訊ねると、女は訳のわからぬことをあれこれブツブツ言ったあげく、片腕をまくりあげて、その一か所をなでて(そこにはカスリ傷がついていた)私、痛いの、とか、今も痛むの、とか、さっきも痛かったの、とか、いろいろ時間をこまかく区切っているので、ともかく夜になってから窓から這入ったことがわかった。跣足《はだし》で外を歩きまわって這入ってきたから部屋を泥でよごした、ごめんなさいね、という意味も言ったけれども、あれこれ無数の袋小路をうろつき廻る呟きの中から意味をまとめて判断するので、ごめんなさいね、がどの道に連絡しているのだか決定的な判断はできないのだった。

深夜に隣人を叩き起こして怯えきった女を返すのもやりにくいことであり、さりとて夜が明けて女を返して一夜泊めたということがいかなる誤解を生みだすか、相手が気違いのことだから想像すらもつかなかった。ままよ、伊沢の心には奇妙な勇気が湧いてきた。その実体は生活上の感情喪失に対する好奇心と刺戟《しげき》との魅力に惹《ひ》かれただけのものであったがどうにでもなるがいい、ともかくこの現実を一つの試練と見ることが俺の生き方に必要なだけだ。白痴の女の一夜を保護するという眼前の義務以外に何を考え何を怖れる必要もないのだと自分自身に言いきかした。彼はこの唐突千万な出来事に変に感動していることを羞《は》ずべきことではないのだと自分自身に言いきかせていた。

二つの寝床をしき女をねかせて電灯を消して一、二分もしたかと思うと、女は急に起き上がり寝床を脱けでて、部屋のどこか片隅にうずくまっているらしい。それがもし真冬でなければ伊沢は強いてこだわらず眠ったかもしれなかったが、特別寒い夜更けで、一人分の寝床を二人に分割しただけでも外気がじかに肌にせまり身体の顫《ふる》えがとまらぬぐらい冷たかった。起き上がって電灯をつけると、女は戸口のところに襟《えり》をかき合わせてうずくまっており、まるで逃げ場を失って追いつめられた眼の色をしている。どうしたの、ねむりなさいと言えば呆気ないほどすぐうなずいて再び寝床にもぐりこんだが、電気を消して一、二分もすると、また、同じように起きてしまう。それを寝床へつれもどして心配することはない、私はあなたの身体に手をふれるようなことはしないからと言いきかせると、女は怯えた目付きをして何か言い訳じみたことを口の中でブツブツ言っているのであった。そのまま三たびめの電気を消すと、今度は女はすぐ起き上がり、押し入れの戸をあけて中へ這入って内側から戸をしめた。

この執拗《しつよう》なやり方に伊沢は腹を立てた。手荒く押し入れを開け放してあなたは何を勘違いをしているのですか、あれほど説明もしているのに押し入れへ這入って戸をしめるなどとは人を侮辱するもはなはだしい、それほど信用できない家へなぜ逃げこんできたのですか、それは人を愚弄し、私の人格に不当な恥を与え、まるであなたが何か被害者のようではありませんか、茶番もいいかげんにしたまえ。けれどもその言葉の意味もこの女には理解する能力すらもないのだと思うと、これくらい張り合いのない馬鹿馬鹿しさもないもので女の横ッ面を殴《なぐ》りつけてさっさと眠る方が何より気がきいていると思うのだった。すると女は妙に割り切れぬ顔付きをして何か口の中でブツブツ言っている。私は帰りたい、私は来なければよかった、という意味の言葉であるらしい。でも私はもう帰るところがなくなったから、と言うので、その言葉には伊沢もさすがに胸をつかれて、だから安心してここで一夜を明かしたらいいでしょう、私が悪意をもたないのにまるで被害者のような思いあがったことをするから腹を立てただけのことです、押し入れの中などにはいらずに蒲団の中でおやすみなさい。すると女は伊沢を見つめて何か早口にブツブツ言う。え？　なんですか、そして伊沢は飛び上がるほど驚いた。なぜなら女のブツブツの中から私はあなたに嫌われていますもの、という一言がハッキリききとられたからである。え、なんですって？　伊沢が思わず目を見開いて訊き返すと、女の顔は悄然《しょうぜん》として、私はこなければよかった、私はきらわれている、私はそうは思っていなかった、という意味の事をくどくどと言い、そしてあらぬ一か所を見つめて放心してしまった。

伊沢ははじめて了解した。

女は彼を怖れているのではなかったのだ。まるで事態はあべこべだ。女は叱られて逃げ場に窮してそれだけの理由によって来たのではない。伊沢の愛情を目算に入れていたのであった。だがいったい女が伊沢の愛情を信じることが起こり得るような何事があったであろうか。豚小屋のあたりや路地や路上でヤアと言って四、五へん挨拶したぐらい、思えばすべてが唐突で全く茶番にほかならず、伊沢の前に白痴の意志や感受性や、ともかく人間以外のものが強要されているだけだった。電灯を消して一、二分たち男の手が女のからだに触れないために嫌われた自覚をいだいて、その羞《はずか》しさに蒲団をぬけだすということが、白痴の場合はそれが真実悲痛なことであるのか、伊沢がそれを信じていいのか、これもハッキリはわからない。ついには押し入れへ閉じこもる。それが白痴の恥辱と自卑の表現と解していいのか、それを判断するための言葉すらもないのだから、事態はともかく彼が白痴と同格に成り下がる以外に法がない。なまじいに人間らしい分別が、なぜ必要であろうか。白痴の心の素直さを彼自身もまたもつことが人間の恥辱であろうか。俺にもこの白痴のような心、幼い、そして素直な心が何より必要だったのだ。俺はそれをどこかへ忘れ、ただあくせくした人間どもの思考の中でうすぎたなく汚れ、虚妄の影を追い、ひどく疲れていただけだ。

彼は女を寝床へねせて、その枕元にすわり、自分の子供、三ツ四ツの小さな娘をねむらせるように額の髪の毛をなでてやると、女はボンヤリ眼をあげて、それがまったく幼い子供の無心さと変わるところがないのであった。私はあなたを嫌っているのではない、人間の愛情の表現は決して肉体だけのものではなく、人間の最後の住みかはふるさとで、あなたはいわば常にそのふるさとの住人のようなものなのだから、などと伊沢も始めは妙にしかつめらしくそんなことも言いかけてみたが、もとよりそれが通じるわけではないのだし、いったい言葉が何物であろうか、何ほどの値打があるのだろうか、人間の愛情すらもそれだけが真実のものだという何のあかしもあり得ない、生の情熱を託するに足る真実なものが果たしてどこにあり得るのか、すべては虚妄の影だけだ。女の髪の毛をなでていると、慟哭《どうこく》したい思いがこみあげ、さだまる影すらもないこの捉《とら》えがたい小さい愛情が自分の一生の宿命であるような、その宿命の髪の毛を無心になでているような切ない思いになるのであった。

この戦争はいったいどうなるのであろう。日本は負け米軍は本土に上陸して日本人の大半は死滅してしまうのかもしれない。それはもう一つの超自然の運命、いわば天命のようにしか思われなかった。彼にもしかしもっと卑小な問題があった。それは驚くほど卑小な問題で、しかも眼の先に差し迫り、常にちらついて放れなかった。それは彼が会社からもらう二百円ほどの給料で、その給料をいつまでもらうことができるか、明日にもクビになり路頭に迷いはしないかという不安であった。彼は月給をもらう時、同時にクビの宣告を受けはしないかとビクビクし、月給袋を受け取ると一月延びた命のために呆れるぐらい幸福感を味わうのだが、その卑小さを顧みていつも泣きたくなるのであった。彼は芸術を夢みていた。その芸術の前ではただ一粒の塵埃《じんあい》でしかないような二百円の給料がどうして骨身にからみつき生存の根柢をゆさぶるような大きな苦悶になるのであろうか。生活の外形のみのことではなくその精神も魂も二百円に限定され、その卑小さを凝視して気も違わずに平然としていることがなおさらなさけなくなるばかりであった。怒濤の時代に美が何物だい。芸術は無力だ！　という部長の馬鹿馬鹿しい大声が、伊沢の胸にまるで違った真実をこめ鋭いそして巨大な力で食いこんでくる。ああ日本は敗ける。泥人形のくずれるように同胞たちがバタバタ倒れ、吹きあげるコンクリートや煉瓦の屑《くず》といっしょくたに無数の脚だの首だの腕だのが舞いあがり、木も建物も何もない平らな墓地になってしまう。どこへ逃げ、どの穴へ追いつめられ、どこで穴もろとも吹きとばされてしまうのだか、夢のような、けれどもそれはもし生き残ることができたら、その新鮮な再生のために、そして全然予測のつかない新世界、石屑だらけの野原の上の生活のために、伊沢はむしろ好奇心がうずくのだった。それは半年か一年さきの当然訪れる運命だったが、その訪れの当然さにもかかわらず、夢の中の世界のようなはるかな戯れにしか意識されていなかった。眼のさきのすべてをふさぎ、生きる希望を根こそぎさらい去るたった二百円の決定的な力、夢の中にまで首をしめられ、うなされ、まだ二十七の青春のあらゆる情熱が漂白されて、現実にすでに暗黒の曠野《こうや》の上を茫々《ぼうぼう》と歩くだけではないか。

伊沢は女がほしかった。女がほしいという声は伊沢の最大の希望ですらあったのに、その女との生活が二百円に限定され、鍋《なべ》だの釜《かま》だの味噌《みそ》だの米だのみんな二百円の呪文《じゅもん》を負い、二百円の呪文に憑《つ》かれた子供が生まれ、女がまるで手先のように呪文に憑かれた鬼と化して日々ブツブツ呟いている。胸の灯も芸術も希望の光もみんな消えて、生活自体が道ばたの馬糞《ばふん》のようにグチャグチャに踏みしだかれて、乾きあがって風に吹かれ、飛びちり跡形もなくなって行く。爪の跡すら、なくなって行く。女の背にはそういう呪文が絡《から》みついているのであった。やりきれない卑小な生活だった。彼自身にはこの現実の卑小さを裁く力すらない。ああ戦争、この偉大なる破壊、奇妙奇天烈《きてれつ》な公平さでみんな裁かれ日本じゅうが石屑だらけの野原になり泥人形がバタバタ倒れ、それは虚無のなんという切ない巨大な愛情だろうか、破壊の神の腕の中で眠りこけたくなり、そして彼は警報がなるとむしろ生き生きとしてゲートルをまくのであった。生命の不安と遊ぶことだけが毎日の生きがいだった。警報が解除になるとガッカリして、絶望的な感情の喪失がまたはじまるのであった。

この白痴の女は米を炊くことも味噌汁をつくることも知らない。配給の行列に立っているのが精いっぱいで、しゃべることすらも自由ではないのだ。まるで最も薄い一枚のガラスのように喜怒哀楽の微風にすら反響し、放心と怯えの皺《しわ》の間へ人の意志を受け入れ通過させているだけだ。二百円の悪霊すらも、この魂には宿ることができないのだ。この女はまるで俺のために造られた悲しい人形のようではないか。伊沢はこの女と抱き合い、暗い曠野を飄々《ひょうひょう》と風に吹かれて歩いている、無限の旅路を目に描いた。

それにもかかわらず、その想念が何か突飛に感じられ、途方もない馬鹿げたことのように思われるのは、そこにもまた卑小きわまる人間の殻が心の芯《しん》をむしばんでいるせいなのだろう。そしてそれを知りながら、しかもなお、わきでるようなこの想念と愛情の素直さが全然虚妄のものにしか感じられないのはなぜだろう。白痴の女よりもあのアパートの淫売婦が、そしてどこかの貴婦人がより人間的だという何か本質的な掟《おきて》があるのだろうか。けれどもまるでその掟が厳として存在している馬鹿馬鹿しいありさまなのであった。

俺は何を怖れているのだろうか。まるであの二百円の悪霊が——俺は今この女によってその悪霊と絶縁しようとしているのに、そのくせやはり悪霊の呪文によって縛りつけられているではないか。怖れているのはただ世間の見栄だけだ。その世間とはアパートの淫売婦だの妾だの妊娠した挺身隊だの家鴨《あひる》のような鼻にかかった声をだして喚《わめ》いているオカミサンたちの行列会議だけのことだ。そのほかに世間などはどこにもありはしないのに、そのくせこのわかりきった事実を俺は全然信じていない。不思議な掟に怯えているのだ。

それは驚くほど短い（同時にそれは無限に長い）一夜であった。長い夜のまるで無限の続きだと思っていたのに、いつかしら夜が白み、夜明けの寒気が彼の全身を感覚のない石のようにかたまらせていた。彼は女の枕元で、ただ髪の毛をなでつづけていたのであった。

＊

その日から別な生活がはじまった。

けれどもそれは一つの家に女の肉体がふえたということのほかには別でもなければ変わってすらもいなかった。それはまるで嘘のような空々しさで、たしかに彼の身辺に、そして彼の精神に、新たな芽生えのただ一本の穂先すら見出すことができないのだ。その出来事の異常さをともかく理性的に納得しているというだけで、生活自体に机の置き場所が変わったほどの変化も起きてはいなかった。彼は毎朝出勤し、その留守宅の押し入れの中に一人の白痴が残されて彼の帰りを待っている。しかも彼は一足でると、もう白痴の女のことなどは忘れており、何かそういう出来事がもう記憶にも定かではない十年二十年前に行なわれていたかのような遠い気持ちがするだけだった。

戦争という奴が、不思議に健全な健忘性なのであった。まったく戦争の驚くべき破壊力や空間の変転性という奴はたった一日が何百年の変化を起こし、一週間前の出来事が数年前の出来事に思われ、一年前の出来事などは、記憶の最もどん底の下積みの底へ隔てられていた。伊沢の近くの道路だの工場の四囲の建物などが取りこわされ町全体がただ舞いあがる埃のような疎開騒ぎをやらかしたのもつい先ごろのことであり、その跡すらも片づいていないのに、それはもう一年前の騒ぎのように遠ざかり、街の様相を一変する大きな変化が二度めにそれを眺める時にはただ当然な風景でしかなくなっていた。その健康な健忘性の雑多なカケラの一つの中に白痴の女がやっぱり霞《かす》んでいる。昨日まで行列していた駅前の居酒屋の疎開跡の棒切れだの爆弾に破壊されたビルの穴だの街の焼け跡だの、それらの雑多のカケラの間にはさまれて白痴の顔がころがっているだけだった。

けれども毎日警戒警報がなる。時には空襲警報もなる。すると彼は非常に不愉快な精神状態になるのであった。それは彼の留守宅の近いところに空襲があり、知らない変化が現に起こっていないかという懸念《けねん》であったが、その懸念の唯一の理由はただ女がとりみだして、とびだしてすべてが近隣へ知れ渡っていないかという不安なのだった。知らない変化の不安のために、彼は毎日明るいうちに家へ帰ることができなかった。この低俗な不安を克服し得ぬ惨《みじ》めさに幾たび虚《むな》しく反抗したか、彼はせめて仕立屋にすべてを打ち明けてしまいたいと思うのだったが、その卑劣さに絶望して、なぜならそれは被害の最も軽少な告白を行なうことによって不安をまぎらす惨めな手段にすぎないので、彼は自分の本質が低俗な世間なみにすぎないことを呪い憤るのみだった。

彼には忘れ得ぬ二つの白痴の顔があった。街角を曲がる時だの、会社の階段を登る時だの、電車の人ごみを脱けでる時だの、はからざる随所に二つの顔をふと思いだし、そのたびに彼のいっさいの思念が凍り、そして一瞬の逆上が絶望的に凍りついているのであった。

その顔の一つは彼が始めて白痴の肉体にふれた時の白痴の顔だ。そしてその出来事自体はその翌日には一年昔の記憶の彼方《かなた》へ遠ざけられているのであったが、ただ顔だけが切り放されて思いだされてくるのである。

その日から白痴の女はただ待ちもうけている肉体であるにすぎずそのほかの何の生活も、ただひときれの考えすらもないのであった。常にただ待ちもうけていた。伊沢の手が女の肉体の一部にふれるというだけで、女の意識する全部のことは肉体の行為であり、そして身体も、そして顔も、ただ待ちもうけているのみであった。驚くべきことに、深夜、伊沢の手が女にふれるというだけで、眠り痴《し》れた肉体が同一の反応を起こし、肉体のみは常に生き、ただ待ちもうけているのである。眠りながらも！　けれども、目覚めている女の頭に何事が考えられているかと言えば、もともとただの空虚であり、あるものはただ魂の昏睡《こんすい》と、そして生きている肉体のみではないか。目覚めた時も魂はねむり、ねむった時もその肉体は目覚めている。あるものはただ無自覚な肉欲のみ。それはあらゆる時間に目覚め、虫のごとき倦まざる反応の蠢動《しゅんどう》を起こす肉体であるにすぎない。

も一つの顔、それは折りから伊沢の休みの日であったが、白昼遠からぬ地区に二時間にわたる爆撃があり、防空壕をもたない伊沢は女とともに押し入れにもぐり蒲団を楯《たて》にかくれていた。爆撃は伊沢の家から四、五百メートル離れた地区へ集中したが、地軸もろとも家はゆれ、爆撃の音と同時に呼吸も思念も中絶する。同じように落ちてくる爆弾でも焼夷弾と爆弾では凄《すご》みにおいては青大将と蝮《まむし》ぐらいの相違があり、焼夷弾にはガラガラという特別不気味な音響が仕掛けてあっても地上の爆発音がないのだから音は頭上でスウと消え失せ、竜頭蛇尾《りゅうとうだび》とはこのことで、蛇尾どころか全然尻尾がなくなるのだから、決定的な恐怖感に欠けている。けれども爆弾という奴は、落下音こそ小さく低いが、ザアという雨降りの音のようなただ一本の棒をひき、此奴《こいつ》が最後に地軸もろとも引き裂くような爆発音を起こすのだから、ただ一本の棒にこもった充実した凄味といったら論外で、ズドズドと爆発の足が近づく時の絶望的な恐怖ときては額面どおりに生きた心持《ここち》がないのである。おまけに飛行機の高度が高いので、ブンブンという頭上通過の米機の音もしごくかすかに何食わぬふうに響いていて、それはまるでよそ見をしている怪物に大きな斧《おの》で殴りつけられるようなものだ。攻撃する相手の様子が不確かだから爆音の唸《うな》りの変な遠さが、はなはだ不安であるところへ、そこからザアと雨降りの棒一本の落下音がのびてくる。爆発を待つまの恐怖、全く此奴は言葉も呼吸も思念もとまる。いよいよ今度はお陀仏《だぶつ》だという絶望が発狂寸前の冷たさで生きて光っているだけだ。

伊沢の小屋は幸い四方がアパートだの気違いだの仕立屋などの二階屋でとりかこまれていたので、近隣の家は窓ガラスがわれ屋根の傷《いた》んだ家もあったが、彼の小屋のみガラスに罅《ひび》すらもはいらなかった。ただ豚小屋の前の畑に血だらけの防空頭巾《ずきん》が落ちてきたばかりであった。押し入れの中で、伊沢の目だけが光っていた。彼は見た。白痴の顔を。虚空をつかむその絶望の苦悶を。

ああ人間には理知がある。いかなる時にもなおいくらかの抑制や抵抗は影をとどめているものだ。その影ほどの理知も抑制も抵抗もないということが、これほどあさましいものだとは！　女の顔と全身にただ死の窓へひらかれた恐怖と苦悶が凝りついていた。苦悶は動き苦悶はもがき、そして苦悶が一滴の涙を落としている。もし犬の眼が涙を流すなら犬が笑うと同様に醜怪きわまるものであろう。影すらも理知のない涙とは、これほども醜悪なものだとは！　爆撃のさ中において四、五歳ないし六、七歳の幼児たちは奇妙に泣かないものである。彼らの心臓は波のような動悸《どうき》をうち、彼らの言葉は失われ異様な目を大きく見開いているだけだ。全身に生きているのは目だけであるが、それは一見したところ、ただ大きく見開かれているだけで、必ずしも不安や恐怖というものの直接劇的な表現を刻んでいるというほどではない。むしろ本来の子供よりもかえって理知的に思われるほど情意を静かに殺している。その瞬間にはあらゆる大人もそれだけで、あるいはむしろそれ以下で、なぜならむしろ露骨な不安や死への苦悶を表わすからで、いわば子供が大人よりも理知的にすら見えるのだった。

白痴の苦悶は、子供たちの大きな目とは似ても似つかぬものであった。それはただ本能的な死への恐怖と死への苦悶があるだけで、それは人間のものではなく、虫のものですらもなく、醜悪な一つの動きがあるのみだった。やや似たものがあるとすれば、一寸五分ほどの芋虫が五尺の長さにふくれあがってもがいている動きぐらいのものだろう。そして目に一滴の涙をこぼしているのである。

言葉も叫びも呻《うめ》きもなく、表情もなかった。伊沢の存在すらも意識してはいなかった。人間ならばかほどの孤独があり得るはずはない。男と女とただ二人押し入れにいて、その一方の存在を忘れ果てるということが、人の場合にあり得べきはずはない。人は絶対の孤独というが他の存在を自覚してのみ絶対の孤独もあり得るので、かほどまで盲目的な、無自覚な、絶対の孤独があり得ようか。それは芋虫の孤独であり、その絶対の孤独の相のあさましさ。心の影の片鱗《へんりん》もない苦悶の相の見るに堪えぬ醜悪さ。

爆撃が終わった。伊沢は女を抱き起こしたが、伊沢の指の一本が胸にふれても反応を起こす女が、その肉欲すら失っていた。このむくろを抱いて無限に落下しつづけている、暗い、暗い、無限の落下があるだけだった。

彼はその日爆撃直後に散歩にでて、なぎ倒された民家の間で吹きとばされた女の脚も、腸《はらわた》のとびだした女の腹も、ねじきれた女の首も見えたのであった。

三月十日の大空襲の焼け跡もまだ吹きあげる煙をくぐって伊沢は当てもなく歩いていた。人間が焼き鳥と同じようにあっちこっちに死んでいる。ひとかたまりに死んでいる。まったく焼き鳥と同じことだ。怖くもなければ、汚《きたな》くもない。犬と並んで同じように焼かれている死体もあるが、それは全く犬死にで、しかしそこにはその犬死にの悲痛さも感慨すらもありはしない。人間が犬のごとくに死んでいるのではなく、犬と、そして、それと同じような何物かがちょうど一皿の焼き鳥のように盛られ並べられているだけだった。犬でもなく、もとより人間ですらもない。

白痴の女が焼け死んだら——土から作られた人形が土にかえるだけではないか。もしこの街に焼夷弾のふりそそぐ夜がきたら……伊沢はそれを考えると、変に落ち着いて沈み考えている自分の姿と自分の顔、自分の目を意識せずにはいられなかった。俺は落ち着いている。そして、空襲を待っている。よかろう。彼はせせら笑うのだった。俺はただ醜悪なものが嫌いなだけだ。そして、もともと魂のない肉体が焼けて死ぬだけのことではないか。俺は女を殺しはしない。俺は卑劣で、低俗な男だ。俺にはそれだけの度胸はない。だが、戦争がたぶん女を殺すだろう。その戦争の冷酷な手を女の頭上へ向けるためのちょっとした手掛かりをつかめばいいのだ。俺は知らない。たぶん、何かある瞬間が、それを自然に解決しているにすぎないだろう。そして伊沢は空襲をきわめて冷静に待ち構えていた。

＊

それは四月十五日であった。

その二日前、十三日に東京では二度めの夜間大空襲があり、池袋だの巣鴨だの山手方面に被害があったが、たまたまその罹災《りさい》証明が手にはいったので、伊沢は埼玉へ買い出しにでかけ、いくらかの米をリュックに背負って帰ってきた。彼が家へ着くと同時に警戒警報が鳴りだした。

次の東京の空襲がこの街のあたりだろうということは焼け残りの地域を考えれば誰にも想像のつくことで、早ければ明日、遅くとも一か月とはかからないこの街の運命の日が近づいている。早ければ明日と考えたのは、これまでの空襲の速度、編隊夜間爆撃の準備期間の間隔が早くて明日ぐらいであったからで、この日がその日になろうとは伊沢は予想していなかった。それゆえ買い出しにも出掛けたので、買い出しと言っても目的は他にもあり、この農家は伊沢の学生時代に縁故のあった家であり、彼は二つのトランクとリュックにつめた物品を預けることがむしろ主要な目的であった。

伊沢は疲れきっていた。旅装は防空服装でもあったから、リュックを枕にそのまま部屋のまんなかにひっくりかえって、彼は実際この差しせまった時間にうとうととねむってしまった。ふと目がさめると諸方のラジオはがんがんなりたてており、編隊の先頭はもう伊豆南端にせまり、伊豆南端を通過した。同時に空襲警報がなりだした。いよいよこの街の最後の日だ、伊沢は直覚した。白痴を押し入れの中に入れ、伊沢はタオルをぶらさげ歯ブラシをくわえて井戸端へでかけたが、伊沢はその数日前にライオン煉《ねり》歯磨を手に入れ長い間忘れていた煉歯磨の口中にしみわたる爽快《そうかい》さをなつかしんでいたので、運命の日を直覚するとどういうわけだか歯をみがき顔を洗う気になったが、第一にその煉歯磨が当然あるべき場所からほんのちょっと動いていただけで長い時間（それは実に長い時間に思われた）見当たらず、ようやくそれを見付けると今度は石鹼《せっけん》（この石鹼も芳香のある昔の化粧石鹼）がこれもちょっと場所が動いていただけで長い時間見当たらず、ああ俺は慌《あわ》てているな、落ち着け、落ち着け、頭を戸棚にぶつけたり机につまずいたり、そのために彼は暫時の間いっさいの動きと思念を中絶させて精神統一をはかろうとするが、身体自体が本能的に慌てだして滑《すべ》り動いて行くのである。ようやく石鹼を見つけだして井戸端へ出ると仕立屋夫婦が畑の隅の防空壕へ荷物を投げこんでおり、家鴨によく似た屋根裏の娘が荷物をブラさげてうろうろしていた。伊沢はともかく煉歯磨と石鹸を断念せずに突きとめた執拗さを祝福し、果たしてこの夜の運命はどうなのだろうと思った。まだ顔をふき終わらぬうちに高射砲がなりはじめ、頭をあげると、もう頭上に十何本の照空燈が入りみだれて真上をさして騒いでおり、光芒《こうぼう》のまんなかに米機がぽっかり浮いている。つづいて一機、また一機、ふと目を下方へおろしたら、もう駅前の方角が火の海になっていた。いよいよ来た。事態がハッキリすると伊沢はようやく落ち着いた。防空頭巾をかぶり、蒲団をかぶって軒先に立ち二十四機まで伊沢は数えた。ポッカリ光芒のまんなかに浮いて、みんな頭上を通過している。

高射砲の音だけが気が違ったように鳴りつづけ、爆撃の音はいっこうに起こらない。二十五機を数える時から例のガラガラとガードの上を貨物列車が駆け去る時のような焼夷弾の落下音が鳴り始めたが、伊沢の頭上を通り越して、後方の工場地帯へ集中されているらしい。軒先からは見えないので豚小屋の前まで行って後を見ると、工場地帯は火の海で、呆れたことには今まで頭上を通過していた飛行機と正反対の方向からも次々と米機が来て後方一帯に爆撃を加えているのだ。するともうラジオはとまり、空一面は赤々と厚い煙の幕にかくれて、米機の姿も照空燈の光芒も全く視界から失われてしまった。北方の一角を残して四周は火の海となり、その火の海がしだいに近づいていた。

仕立屋夫婦は用心深い人たちで、常から防空壕を荷物用に造ってあり目張りの泥も用意しておき、万事手順どおりに防空壕に荷物をつめこみ目張りをぬり、そのまた上へ畑の土もかけ終っていた。この火じゃとても駄目ですね。仕立屋は昔の火消しの装束で腕組みをして火の手を眺めていた。消せったって、これじゃ無理だ、あたしゃもう逃げますよ。煙にまかれて死んでみても始まらねえや、仕立屋はリヤカーに一山の荷物をつみこんでおり、先生、いっしょに引き上げましょう。伊沢はそのとき、騒々しいほど複雑な恐怖感に襲われた。彼の身体は仕立屋といっしょに滑りかけているのであったが、身体の動きをふりきるような一つの心の抵抗で滑りを止めると、心の中の一角から張りさけるような悲鳴の声が同時に起こったような気がした。この一瞬の遅延のために焼けて死ぬ、彼はほとんど恐怖のために放心したが、再びともかく自然によろめきだすような身体の滑りをこらえていた。

「僕はね、ともかく、もうちょっと、残りますよ。僕はね、仕事があるのだ。僕はね、ともかく芸人だから、命のとことんのところで自分の姿を見《み》凝《つ》め得るような機会には、そのとことんのところで最後の取引きをしてみることを要求されているのだ。僕は逃げたいが、逃げられないのだ。この機会を逃がすわけにはいかないのだ。もうあなた方は逃げてください。早く、早く、一瞬間がすべてを手遅れにしてしまう」

早く、早く。一瞬間がすべてを手遅れに。すべてとは、それは伊沢自身の命のことだ。早く早く、それは仕立屋をせきたてる声ではなくて、彼自身が一瞬も早く逃げたいための声だった。彼がこの場所を逃げだすためには、あたりの人々がみんな立ち去った後でなければならないのだ。さもなければ、白痴の姿を見られてしまう。

じゃ先生、おだいじに。リヤカーをひっぱりだすと仕立屋も慌てていた。リヤカーは路地の角角にぶつかりながら立ち去った。それがこの路地の住人たちの最後に逃げ去る姿であった。岩を洗う怒濤の無限の音のような、屋根を打つ高射砲の無数の破片の無限の落下の音のような、休止と高低の何もないザアザアという不気味な音が無限に連続しているのだが、それが府道を流れている避難民たちの一かたまりの跫音《あしおと》なのだ。高射砲の音などはもう間が抜けて、跫音の流れの中に奇妙な命がこもっていた。高低と休止のない奇怪な音の無限の流れを世の何人が跫音と判断し得よう。天地はただ無数の音響でいっぱいだった。米機の爆音、高射砲、落下音、爆発の音響、跫音、屋根を打つ弾片、けれども伊沢の身辺の何十メートルかの周囲だけは赤い天地のまんなかでともかく小さな闇をつくり、全然ひっそりしているのだった。変てこな静寂の厚みと、気の違いそうな孤独の厚みがとっぷり四周をつつんでいる。もう三十秒、もう十秒だけ待とう。なぜ、そして誰が命令しているのだか、どうしてそれに従わねばならないのだか、伊沢は気違いになりそうだった。突然、もだえ、泣き喚いて盲目的に走りだしそうだった。

そのとき鼓膜の中を掻《か》き廻すような落下音が頭の真上へ落ちてきた。夢中に伏せると、頭上で音響は突然消え失せ、嘘のような静寂が再び四周に戻っている。やれやれ、脅《おど》かしやがる。伊沢はゆっくり起き上がって、胸や膝《ひざ》の土を払った。顔をあげると、気違いの家が火を吹いている。何だい、とうとう落ちたのか、彼は奇妙に落ち着いていた。気がつくと、その左右の家も、すぐ目の前のアパートも火をふきだしているのだ。伊沢は家の中へとびこんだ。押し入れの戸をはねとばして（実際それははずれて飛んでバタバタと倒れた）白痴の女を抱くように蒲団をかぶって走りでた。それから一分間ぐらいのことが全然夢中でわからなかった。路地の出口に近づいたとき、また音響が頭上めがけて落ちてきた。伏せから起き上がると、路地の出口の煙草屋も火を吹き、向かいの家では仏壇の中から火が吹きだしているのが見えた。路地をでて振りかえると、仕立屋も火を吹きはじめ、どうやら伊沢の小屋も燃えはじめているようだった。

四周は全くの火の海で府道の上には避難民の姿もすくなく、火の粉がとびかい舞い狂っているばかり、もう駄目だと伊沢は思った。十字路へくると、ここからたいへんな混雑で、あらゆる人人がただ一方をめざしている。その方向がいちばん火の手が遠いのだ。そこはもう道ではなくて、人間と荷物の悲鳴の重なりあった流れにすぎず、押しあいへしあい突き進み踏み越え押し流され、落下音が頭上にせまると、流れは一時に地上に伏して不思議にぴったり止まってしまい、何人かの男だけが流れの上を踏みつけて駆け去るのだが、流れの大半の人々は荷物と子供と女と老人の連れがあり、呼びかわし立ち止まり戻り突き当たりはねとばされ、そして火の手はすぐ道の左右にせまっていた。小さな十字路へきた。流れの全部がここでも一方をめざしているのはやはりそっちが火の手が最も遠いからだが、その方向には空地も畑もないことを伊沢は知っており、次の米機の焼夷弾が行く手をふさぐとこの道には死の運命があるのみだった。一方の道はすでに両側の家々が燃え狂っているのだが、そこを越すと小川が流れ、小川の流れを数町上ると麦畑へでられることを伊沢は知っていた。その道を駆けぬけて行く一人の影すらもないのだから、伊沢の決意も鈍ったが、ふと見ると百五十メートルぐらい先の方で猛火に水をかけているたった一人の男の姿が見えるのであった。猛火に水をかけるといっても決して勇ましい姿ではなく、ただバケツをぶらさげているだけで、たまに水をかけてみたり、ぼんやり立ったり歩いてみたり変に痴鈍な動きで、その男の心理の解釈に苦しむような間の抜けた姿なのだった。ともかく一人の人間が焼け死にもせず立っていられるのだからと、伊沢は思った。俺の運をためすのだ。運。まさに、もう残されたのは、一つの運、それを選ぶ決断があるだけだった。十字路に溝《みぞ》があった。伊沢は溝に蒲団をひたした。

伊沢は女と肩を組み、蒲団をかぶり、群集の流れに訣別《けつべつ》した。猛火の舞い狂う道に向かって一足歩きかけると、女は本能的に立ち止まり群集の流れる方にひき戻されるようにフラフラとよろめいて行く。「馬鹿！」女の手を力いっぱい握ってひっぱり、道の上へよろめいて出る女の肩をだきすくめて、「そっちへ行けば死ぬだけなのだ」女の身体を自分の胸にだきしめて、ささやいた。

「死ぬ時は、こうして、二人いっしょだよ。怖れるな。そして、俺から離れるな。火も爆弾も忘れて、俺たち二人の一生の道は、いつもこの道なのだよ。この道をただまっすぐ見つめて、俺の肩にすがりついてくるがいい。わかったね」女はごくんとうなずいた。

そのうなずきは稚拙であったが、伊沢は感動のために狂いそうになるのであった。ああ、長い長い幾たびかの恐怖の時間、夜昼の爆撃の下において、女が表わした始めての意志であり、ただ一度の答えであった。そのいじらしさに伊沢は逆上しそうであった。今こそ人間を抱きしめており、その抱きしめている人間に、無限の誇りをもつのであった。二人は猛火をくぐって走った。熱風のかたまりの下をぬけでると、道の両側はまだ燃えている火の海だったが、すでに棟《むね》は焼け落ちたあとで火勢は衰え熱気は少なくなっていた。そこにも溝があふれていた。女の足から肩の上まで水を浴びせ、もう一度蒲団を水に浸してかぶり直した。道の上に焼けた荷物や蒲団が飛び散り、人間が二人死んでいた。四十ぐらいの女と男のようだった。

二人は再び肩を組み、火の海を走った。二人はようやく小川のふちへでた。ところがここは小川の両側の工場が猛火を吹きあげて燃え狂っており、進むことも退くことも立ち止まることもできなくなったが、ふと見ると小川に梯子《はしご》がかけられているので、蒲団をかぶせて女を下ろし、伊沢は一気に飛び降りた。訣別した人間たちが三々五々川の中を歩いている。女は時々自発的に身体を水に浸している。犬ですらそうせざるを得ぬ状況だったが、一人の新たな可愛い女が生まれでた新鮮さに伊沢は目をみひらいて水を浴びる女の姿態をむさぼり見た。小川は炎の下を出はずれて暗闇《くらやみ》の下を流れはじめた。空一面の火の色で真の暗闇はあり得なかったが、再び生きて見ることを得た暗闇に、伊沢はむしろ得体の知れない大きな疲れと、涯《はて》しれぬ虚無とのためにただ放心がひろがるさまを見るのみだった。その底に小さな安堵《あんど》があるのだが、それは変にケチくさい、馬鹿げたものに思われた。何もかも馬鹿馬鹿しくなっていた。川をあがると、麦畑があった。麦畑は三方丘にかこまれて、三町四方ぐらいの広さがあり、そのまんなかを国道が丘を切りひらいて通っている。丘の上の住宅は燃えており、麦畑のふちの銭湯と工場と寺院と何かが燃えており、そのおのおのの火の色が白、赤、橙《だいだい》、青、濃淡とりどりみんな違っているのである。にわかに風が吹きだしてごうごうと空気が鳴り、霧のようなこまかい水滴が一面にふりかかってきた。

群集はなお蜿蜒《えんえん》と国道を流れていた。麦畑に休んでいるのは数百人で、蜿蜒たる国道の群集にくらべれば物の数ではないのであった。麦畑のつづきに雑木林の丘があった。その丘の林の中にはほとんど人がいなかった。二人は木立の下へ蒲団をしいてねころんだ。丘の下の畑のふちに一軒の農家が燃えており、水をかけている数人の人の姿が見える。その裏手に井戸があって一人の男がポンプをガチャガチャやり水を飲んでいるのである。それを目がけて畑の四方からたちまち二十人ぐらいの老幼男女が駆け集まってきた。彼らはポンプをガチャガチャやり、代わる代わる水を飲んでいるのである。それから燃え落ちようとする家の火に手をかざして、ぐるりと並んで暖をとり、崩れ落ちる火のかたまりに飛びのいたり、煙に顔をそむけたり、話をしたりしている。誰も消火に手伝う者はいなかった。

ねむくなったと女が言い、私疲れたのとか、足が痛いのとか、目も痛いのとかの呟きのうち三つに一つぐらいは私ねむりたいの、と言った。ねむるがいいさ、と伊沢は女を蒲団にくるんでやり、煙草に火をつけた。何本めかの煙草を吸っているうちに、遠く彼方に解除の警報がなり数人の巡査が麦畑の中を歩いて解除を知らせていた。彼らの声は一様につぶれ、人間の声のようではなかった。蒲田署管内の者は矢口国民学校が焼け残ったから集まれ、とふれている。人々が畑の畝《うね》から起き上がり、国道へ下りた。国道は再び人の波だった。しかし、伊沢は動かなかった。彼の前にも巡査がきた。

「その人は何かね。怪我《けが》をしたのかね」

「いいえ、疲れて、ねているのです」

「矢口国民学校を知っているかね」

「ええ、一休みして、あとから行きます」

「勇気をだしたまえ。これしきのことに」

巡査の声はもう続かなかった。巡査の姿は消え去り、雑木林の中にはとうとう二人の人間だけが残された。二人の人間だけが——けれども女はやはりただ一つの肉塊にすぎないではないか。女はぐっすりねむっていた。すべての人々が今焼け跡の煙の中を歩いている。すべての人々が家を失い、そして皆な歩いている。眠りのことを考えてすらいないであろう。今眠ることができるのは、死んだ人間とこの女だけだ。死んだ人間は再び目覚めることがないが、この女はやがて目覚め、そして目覚めることによって眠りこけた肉塊に何物を付け加えることもあり得ないのだ。女は微《かす》かであるが今まで聞き覚えのない鼾声《いびき》をたてていた。それは豚の鳴き声に似ていた。まったくこの女自体が豚そのものだと伊沢は思った。そして彼は子供のころの小さな記憶の断片をふと思いだしていた。一人の餓鬼大将の命令で十何人かの子供たちが仔豚《こ》を追いまわしていた。追いつめて、餓鬼大将はジャックナイフでいくらかの豚の尻肉を切りとった。豚は痛そうな顔もせず、特別の鳴き声もたてなかった。尻の肉を切りとられたことも知らないように、ただ逃げまわっているだけだった。伊沢は米軍が上陸して重砲弾が八方に唸りコンクリートのビルが吹きとび、頭上に米機が急降下して機銃掃射を加える下で、土煙りと崩れたビルと穴の間を転げまわって逃げ歩いている自分と女のことを考えていた。崩れたコンクリートの陰で、女が一人の男に押えつけられ、男は女をねじ倒して、肉体の行為に耽《ふけ》りながら、男は女の尻の肉をむしりとって食べている。女の尻の肉はだんだん少なくなるが、女は肉欲のことを考えているだけだった。

明け方に近づくと冷えはじめて、伊沢は冬の外套《がいとう》もきていたし厚いジャケツもきているのだが、寒気が堪えがたかった。下の麦畑のふちの諸方にはなお燃えつづけている一面の火の原があった。そこまで行って暖をとりたいと思ったが、女が目を覚ますと困るので、伊沢は身動きができなかった。女の目を覚ますのがなぜか堪えられぬ思いがしていた。

女の眠りこけているうちに女を置いて立ち去りたいとも思ったが、それすらもめんどうくさくなっていた。人が物を捨てるには、たとえば紙屑を捨てるにも、捨てるだけの張り合いと潔癖ぐらいはあるだろう。この女を捨てる張り合いも潔癖も失われているだけだ。微塵の愛情もなかったし、未練もなかったが、捨てるだけの張り合いもなかった。生きるための、明日の希望がないからだった。明日の日に、たとえば女の姿を捨ててみても、どこかの場所に何か希望があるのだろうか。何をたよりに生きるのだろう。どこに住む家があるのだか、眠る穴ぼこがあるのだか、それすらもわかりはしなかった。米軍が上陸し、天地にあらゆる破壊が起こり、その戦争の破壊の巨大な愛情が、すべてを裁いてくれるだろう。考えることもなくなっていた。

夜が白んできたら、女を起こして焼け跡の方にも見向きもせず、ともかくねぐらを探して、なるべく遠い停車場をめざして歩きだすことにしようと伊沢は考えていた。電車や汽車は動くだろうか。停車場の周囲の枕木の垣根《かきね》にもたれて休んでいるとき、今朝ははたして空が晴れて、俺と俺の隣に並んだ豚の背中に太陽の光がそそぐだろうかと伊沢は考えていた。あまり今朝が寒すぎるからであった。

行雲流水

「和尚《おしよう》さん。大変でございます」

と云って飛びこんできたのは、お寺の向いの漬物屋のオカミサンであった。

「何が大変だ」

「ウチの吾吉の野郎が女に惚《ほ》れやがったんですよ。その女というのが、お寺の裏のお尻《しり》をヒッパタかれたあのパンスケじゃありませんか。情けないことになりやがったもんですよ。私もね、吾吉の野郎のお尻をヒッパタいてくれようと思いましたけどネ。マァ、和尚さんにたのんで、あの野郎に説教していただこうと、こう思いましてネ」

「あの女なら、悪いことはなかろう。キリョウはいいし、色ッぽいな、すこし頭が足りないようだが、その方が面白くて、アキがこないものだ」

「よして下さいよ。私ゃ、パンスケはキライですよ。いくらなんでも」

「クラシが立たなくては仕方がない。パンスケ、遊女と云って区別をすることはないものだ。吾吉にはそれぐらいで、ちょうど、よいな」

「ウチの宿六とおんなじようなことを言わないで下さいよ。男ッて、どうして、こうなんだろうね。女は身持ちがキレイでなくちゃァいけませんやね。ウチの宿六の野郎もパンスケだっていいじゃないか、クラシが立たなくちゃァほかに仕方があるめえ、なんて、アン畜生め、いい年してパンスケ買いたいに違いないんだから。覚えていやがれ。和尚さんも、大方そうでしょうネ。まったく、呆《あき》れて物が言えないよ」

「だから拙僧に頼んでもムダだ。私だったら二人を一緒にしてしまうから、そう思いなさい。罪なんだ」

「なにが罪ですか。いい加減にしやがれ。オタンコナスめ。けれども、ねえ。お頼みしますよ。吾吉の野郎をよこしますから、本堂かなんかへ引きすえて、仏様の前でコンコンと説教して下さいな」

こういうワケで、和尚は吾吉と話をすることになったのである。

「お前、裏の女の子と交ったかな」

「ハ。すみません」

「夫婦約束をしたのだな」

「イエ。それがどうも、女がイヤだと申しまして、私が気違いになりそうでございます。私があの女にツギこんだお金だけが、もう三十万からになっておりますんで。いッそ、あのアマを叩《たた》き斬《き》って、死んでくれようか、と」

「コレコレ、物騒なことを言うもんじゃないよ。ハハァ。してみると、お前さん、女を金で買ってみたワケだな」

「そうでござんす。お尻をヒッパタかれたパンスケだと申しますから、あんなに可愛《かわい》らしくッて、ウブらしいのに、金さえ出しゃ物になる女だな、とこう思いまして、取引してみたら案の定でさァ。けれども知ってみると冷めたくって、情があって、こう、とりのぼせまして、エッヘ。どうも、すみません。頭のシンにからみこんで、寝た間も忘れられたもんじゃ、ないんです。よろしく一つ、御賢察願いまして、仏力をもちまして、おとりもちを願い上げます」

「バカにしちゃァ口上がうまいじゃないか。冷めたくって、情があってか。なるほど。ひとつ、仏力によって、とりもって進ぜよう」

ノンキな和尚であった。彼はドブロクづくりと将棋に熱中して、お経を四半分ぐらいに縮めてしまうので名が通っていたが、町内の世話係りで、親切だから、ウケがよかった。

お寺の裏のお尻をヒッパタかれたパンスケというのは、大工の娘で、ソノ子と云った。終戦後父親が肺病でねついてしまって、ソノ子は事務員になって稼いだが、女手一つで、病父や弟妹が養えるものではない。いつとはなく、パンスケをやるようになった。外でやるぶんには、よかったが、時々、家へ男をひきこんでやる。

とうとう病父がたまりかねて、ソノ子をとらえて、押し倒して、お尻をまくりあげて、ピシピシなぐった。なぐりつつ、吐血し、力絶えて、即死してしまった。ソノ子はオヤジを悶死《もんし》させた次第であった。

そのセッカンのすさまじさというものは、それがイノチの終りの激しさを現したのかも知れないが、近所の人々がとびだして見物にきた程であった。呆気《あっけ》にとられる人々の眼前で、彼は全力をだしきってソノ子のお尻をヒッパタいて、こときれてしまった。

「病人はヒステリーになるものだ」

と云って、物分りのよい和尚はお通夜《つや》の席でソノ子をかばってやったものである。

「ほかに感謝の現しようもないので、お尻をヒッパタいたんじゃ。人間はそんなもんさ。ホトケは感謝しているのだよ」

誰もなんとも言わなかった。

「これよ。お前のお尻は可愛いいお尻だよ。オヤジの寿命を養い、薬代を稼いだ立派なお尻だよ。なにも恥じることはないさ」

まったく可愛いいお尻だろうと思われた。小柄で、痩《や》せぎすであったが、胸やお尻には程よい肉がムッチリしていて、見るからに情慾《じょうよく》をそそるのである。和尚の様子が、今にもソノ子のお尻をさすりそうな感極まった情愛がこもって見えたので、人々は妖《あや》しさに毒気をぬかれたのであった。

吾吉のたのみを受けたので、ソノ子を訪ねると、弟妹は学校へ行ったあと、男靴が一足あって、誰か押入れへ隠れた様子である。

「これよ。出て来なさい。まんざら鼠ではないようだ。隠れることはない。人が隠れてきいていては、思うように話もできない。オヤジがお尻《しり》をヒッパタいて悶死《もんし》したからには、男が遊びに来て泊っていても不思議はないさ」

ソノ子はうつむいている。和尚が立ち上って押入れをあけると、若い男がちぢこまって坐《すわ》って、これも、うなだれている。観念して、這《は》いだしてきた。

「ま、そこへ坐っていなさい。色ごとの邪魔をして、相済まんことじゃ」

和尚はトンチャクしなかった。

「実はな、漬物屋の倅《せがれ》にたのまれてきたが、あれはお前にゾッコン惚《ほ》れているそうだ。お前がよければ結婚したいと云っているが、そちらの都合はどうだね」

「こちらは都合がわるい」

「イヤにハッキリ物を言う子だね。お前さんは不都合かい」

「私もお父さんにお尻をヒッパタかれて、そのせいでお父さんが寿命をちぢめたからには、意地でもパンパンで一生を通さなければなりません。通してみせます」

「これは、ちかごろ、勇ましいことをきいたものだ。武士は額の傷を恥じる。支那で面子《メンツ》というな。顔が立つ立たないとは昔からきいているが、当世の女流はお尻で顔を立てるのかい」

「そんなことは知りませんが、弟や妹を養って行かなければなりませんから、ショーバイはやめられません。まして御近所の人たちはパンスケ、パンスケって、人の顔をジロジロ睨《にら》むんですから、こんな意地の悪い人たちのところへお嫁入りなんてできません」

「それは、もっともだ。しかし、吾吉と結婚したくないのは、吾吉がキライのせいではなくて、お前さんの意地のせいだね」

「いいえ。吾吉もキライですよ。好きならタダでも遊んでやります。キライだから、お小遣いだの買い物だのとセビッてやったんじゃありませんか。あの人ッたら、お前に三十万もつぎこんだんだから結婚しておくれ、なんて、イヤな言い方ッたらありゃしないわ」

「なるほど、一々、もっともだ。漬物屋へお嫁に行っても、お前さんたち家族は不幸せになるばかりだし、先方も大いに不幸せになることだろう。万事拙僧が見とどけたから、パンパンに精をいれてはげむがよい」

和尚は立ち帰って吾吉に引導をわたした。

「畜生。あのアマ、そんなことをぬかしたんですか。カンベンならねえ」

「ダメだよ、血相かえてみたって、話がまとまるワケはない。あの子はヒッパタかれたお尻に意地を立てているんだから、お前なんかと心得が違う。いさぎよく諦《あきら》めなさい」

「エッヘッへ。私もムリなことはキライなんですが、どうも、怪《け》しからんことになりやがったもんですよ。あん畜生め。叩《たた》ッ斬《き》ってキザンでやらなくとも、せめて坊主にしてやりてえ」

大変恨みを結んだ様子。和尚も心配して、ソノ子に会って、吾吉の様子がこれこれだから用心したがよい、と教えてやると、

「ええ、ありがとう。私これから出張する男の人に三週間ばかり旅行に連れて行ってもらいますから、ちょうど、よいわ。三週間もすぎるうちには、たいがい、あの人の気持も落付くでしょう。自分勝手ばかり言うから、あんな男はキライですよ」

と、弟に留守中のお金を渡して、そのままどこかへ消えてしまった。

仏家に行雲流水という言葉があるが、ソノ子の如《ごと》きは、まさしく雲水の

境地を体得したものだろうと和尚は感心した。概《おおむ》ね雲水などというものは、至極わりきれない精神や、肉体を袈裟《けさ》につつんで諸方をハイカイするにすぎないようなものであるが、ソノ子の場合はそのような不明快なものではない。すべてはハッキリとわりきれており、要するに、お尻というものが天下を行雲流水しているだけのことである。まことに明快と云わねばならぬ。いかなる祖師も一喝《いっかつ》をくらわせる隙《すき》がないようであった。

ソノ子はまだ十八。普通なら、まだ女学生にすぎない発育途上の小娘であった。その姿態にはまだ未成熟なものが多く翳《かげ》を残しており、お乳とお尻がにわかにムッチリと精気をこめて張りかがやいているようであった。

あのお尻が行雲流水していやがるか、と、和尚もいささか妬《ね》たましく感じる。いい年をして、とても一喝どころの段ではない。和尚の方が三十棒をくらう必要があるのである。

「当世は、久米《くめ》の仙人などはショッチュウ目玉をまわしていなきゃならないのさ。オレだから、ガンバッていられるようなものだ」

と、和尚はわずかに慰めるのである。

ところが三、四日して吾吉が行方《ゆくえ》をくらました。会社の金を五十万円ひきだして逃げたことがわかったのである。調べてみると、それ以前にも五十万ほど使いこんでいることが分った。それをソノ子につぎこんでいたわけである。

「まったく、和尚さん、呆《あき》れかえった唐変木ですよ。三十万ソノ子にとられたなんてウワゴト云ってやがったんですが、この野郎、何をぬかしやがるかと思っていたんですがね。まさかに、泥棒して貢《みつ》いでいるとは気がつきませんでしたよ。あげくにソノ子と手に手をとって逐電しやがったんでしょう。バカな野郎でございます」

「吾吉はヤケクソでやったのさ。ソノ子と一緒ではあるまいな。あの子吾吉に水鼻もひッかけないはずだよ」

「ヘエ、仰有《おつしや》いましたね。悟ったようなことを言いやがんない。このオタンコナスめ。けれども、和尚さん。私ゃ、どうしたら、いいでしょうねえ」

「当人の行方が分らないのだから、ここで気をもんでも仕方がない。お前さんも女だてらにポンポン云うばッかりで思慮がないから、ロクな子供が育たない」

「へえ、悪うござんしたね。蛸坊主《たこぼうず》め、気どっていやがる。だけど、和尚さん、八卦《はっけ》かなんか立てて下さいな。あの野郎の襟《えり》クビふんづかまえて、蹴《け》ッぽらかしてくれるから」

漬物屋のオカミサンは、蹴ッぽらかすなどという異様な言葉で威勢のほどを示したが、警察へよびたてられる。新聞記者は押しかけるで、ムカッ腹を立てていたのである。

ところがそれから十日ぐらいに、五十万円使い果した吾吉は、サガミ湖の山林でクビをくって死んでいた。盗んだ金の多くはバクチで失ったようであった。

＊

「和尚さん。すみませんけど、あの野郎、まだ成仏《じょうぶつ》ができないようですから、お経をあげて引導わたしてやって下さいな。夜中になると、骨壺《こつつぼ》がカタコト鳴りやがって、うるさくッて仕様がないんですよ」

「気のせいだよ。お前さんも神経衰弱になったんだろう。オカミさんに限って、あの病気にかからないと思っていたが、世の中は一寸先がわからないものだ」

「バカにしちゃ、いけないよ。あんなバカ野郎が一束クビをくりやがったって、私が神経衰弱なんかになるもんかね。和尚さんがお経を切りするから、あの野郎が成仏できないのよ」

「ちかごろは物覚えがわるくなってな。いずれヒマの折にお経をつぎたしてあげるから、切りすてるほど味のでるものだ。お経などというものは、切りすてるほど味のでるものだ。ゆっくり亡魂と語り合うのがよろしかろう」

「ふざけやがんな。オタンコナスめ」

と、漬物屋のオカミサンは怒って帰って行ったが、一時間ほどすると、浮かない顔でやってきた。

「和尚さん。呆《あき》れかえって物が云えないやね。本当に亡魂がでてきやがったんですよ」

「珍しいな。何か言ったか」

「そんなんじゃないんですよ。骨壺がガタガタ云うのもおかしいでしょう。廿日鼠《はつかねずみ》かなんかいるんじゃないかと思いましてね。骨壺をあけて、調べてみたんですよ。新聞紙の上へザラザラぶちまけて掻《か》き廻《まわ》したんですが、変ったこともありませんやね。そのうち、なんの気なしに、歯のところを拾いあげたと思いなさい。あの野郎の前歯に数字が書いてあるんでさァ。三十とね。私ゃ横文字が読めませんから分りませんが、宿六の野郎が生意気に横文字なんか読みやがって、三十だてえことなんです。呆れかえるじゃァありませんか。あの野郎、パンスケにふんだくられた三十万円の恨みが忘れかねているんですよ」

「どれ、その歯を見せてごらん」

見ると、なるほど、茶色の模様のような筋がある。三十とよめないこともないが、ハッキリ三十というわけでもない。生前、歯に彫りつけたというわけではなく、書いたものがアブリダシで現れたようなアンバイである。

将棋狂の和尚は探偵趣味もあるから一膝《ひとひざ》のりだして、

「ウム。よろし。拙僧が取り調べてあげるから、オカミサンも一緒にきてごらん」

和尚は知りあいの歯科医を訪ねた。歯科医は、歯をひねくりまわしていたが、

「どうも、見当がつきませんな。私は死人の歯の治療したことがありませんから、なんとも云えませんが、これはただの偶然で、なんでもないことじゃありますまいか」

「このホトケはクビをくって自殺したのですが、死ぬ前に、歯にアブリ

ダシで字を書いておいたら、骨になってから、こうなるのと違いますか」

「さァ、どうでしょう。歯にアブリダシを書いた話はきいたことがありませんが、口の中は濡《ぬ》れているのが普通ですから、アブリダシを書いても流れて消えて失《な》くなりはしませんか。これは何かの偶然でしょう。私は骨になった歯など見たことがないのですが、シサイに見たら、こんなのは例が多いのかも知れませんな」

「しかし、アブリダシということも考えられるでしょうな」

「和尚さん。バカバカしいじゃありませんか。子供じゃァあるまいし、頭をまるめたいい年寄が、アブリダシ、アブリダシって、ナニ云ってやがんだい。吾吉のバカ野郎の恨みがこもって、ここへ現れているんだよ。お経をケンヤクしやがるから、こんなことにならァね。どうもね、骨壺の騒ぎ方が、ひとかたならないと思いましたよ」

「よし、よし。それなら、骨壺を預りましょう。本堂へ、かざって三七日ほど、ねんごろに読経《どきよう》してあげよう」

和尚は仕方がないから骨壺をひきとった。さもないと出向いてお経をあげなければいけない。本堂にひきとって飾っておくぶんには、ほッたらかしておいても、誰にも分らない。

そのうちに、ソノ子が行雲流水から戻ってきたから、本堂へよんだ。

「実はな。お前の留守中に吾吉がクビをくって死んだよ」

「そうですってね。死神に憑《つ》かれたんでしょう。そんな男たくさん、いてよ」

「漬物屋のオカミサンが怒鳴りこみやしなかったかい」

「まだ来ませんけど、今さら、仕様がないじゃありませんか」

「それもそうだが、吾吉はお前に使った三十万円が心残りだそうでな。骨壺が深夜になるとガタガタ騒ぐ。おかしいというので、あけて調べてみると、前歯に三十という字が浮きでているのだよ。三十万円で浮かばれないというワケだ。それ、そこにあるのが吾吉の骨だから、拝んでやりなさい。回向《えこう》になるよ」

「私はイヤです。拝むなんて」

ソノ子は怒った。

「おとなしく死んだんなら拝んでもやりますけど、私に恨みを残して死んだなんて、ケチな根性たらありゃしないわ。それなら、私も憎みかえしてやります。私はお父さんにお尻《しり》をぶたれた時から、世の中を敵だと思っていますから、吾吉の幽霊なんか、なんでもないわ」

「気の強い娘だよ。これほどの娘とは知らなかったね」

和尚は骨壺を持ってきて、中を掻き廻して前歯をとりだした。

「これ、これ。ここに三十とあるだろう。拙僧は、奴《やっ》め、口惜しまぎれにクビククリの寸前にアブリダシを前歯に仕掛けやがったなと睨《にら》んだが、漬物屋のオカミサンは、亡魂がこの地にとどまって、歯に文字を書いたというのだよ。ああいうウスバカは執念深いから、死後にも何をやらかすか分らない。ワシはお経をケンヤクするから、奴め、なかなか浮かばれないな」

ソノ子は歯をとりあげて、見ていたが、怖れる様子は一向になかった。

「いいわよ。憎んでやるから、覚えているがいいわ。あんた一人じゃないわ。これから何人だって、こんなことになるでしょうよ」

ソノ子は大胆不敵なセセラ笑いをうかべて、前歯を骨壺の中へ捨てた。

「いい度胸だ。お前は好きな人がいるのかい」

「大きなお世話だわ」

「お世話でもあろうが、教えてもらいたいね。当世の女流はわけが分らないから、指南を仰ぎたいのだよ。ワシもダイコクを三人もとりかえたり、その又昔はコツやナカへ繁々《しげしげ》と通ったものだが、当世の女流はわからん」

「私のお尻をぶちながら死ぬなんて、卑怯《ひきよう》でしょう。吾吉だって、同じように卑怯なのよ。男はみんな卑怯だと思っていいわ。私は、男なんか、憎むだけよ。みんなウスバカに見えるだけよ」

「なるほど。そんなものかな。そういえば、たしかに、男はウスバカだよ。とんだヤブヘビとはこのことだ。しかし、吾吉は、お前を叩《たた》っ斬《き》ッてきざんでやりたいが、そうもいかないから、せめて坊主にしてくれたいと恨んでいたから用心するがいい。亡魂は根気のいいものだ。坊主をしていると、よく分る。三代まではタタラないが、一代だけは根気よく狙《ねら》いをつけているものだよ」

ソノ子は薄笑いをうかべただけで、返事もせずに、サヨナラと帰ってしまった。

和尚はシミジミ骨壺《こつつぼ》を見つめた。男はみんなウスバカに見えるという言葉が身にこたえたのである。

男はたしかに凡夫にすぎない。ソノ子のお尻の行雲流水の境地には比すべくもないのである。水もとまらず、影も宿らず、そのお尻は醇乎《じゅんこ》としてお尻そのものであり、明鏡止水とは、又、これである。

乳くさい子供の香がまだプンプン匂《にお》うような、しかし、精気たくましくもりあがった形の可愛《かわ》いいお乳とお尻を考えて、和尚は途方にくれたのである。お釈迦《しゃか》様はウソをついてござる。男が悟りをひらくなんて、考えられることだろうかと。

亡魂この地にとどまり、前歯に恨みの三十万を書きしるして、夜ごとに骨壺をゴソゴソ騒がせるという吾吉は、男の中の男勇士かも知れない。明鏡止水とはいかないが、ウスバカにしては出来がよい。和尚は骨壺に、はじめて親愛の念をいだいたのである。けれどもドブロク造りが忙しいので、お経はよんでやらなかった。

＊

和尚がソノ子の家を訪ねたとき押入れへ隠れた男は、ソノ子と最も深間へ落ちているウスバカの一人であった。彼はソノ子をつれて三週間の出張旅行を共にしたが、出張とはデタラメで、公金を持ち逃げして、盲滅法逃げまわっていたのである。つまり吾吉と同じ境地であった。

帰京して、ソノ子から吾吉のクビククリの話や骨壺の話をきいて、つくづく情ない思いになった。彼自身、せっぱつまり、クビククリの一足前まで来ていたからである。

「吾吉氏とボクとは違うだろうな。キミはボクを愛してくれているんだろう」

と、男は心配して、きいた。

「吾吉とアナタじゃ違うわ。アナタは好きよ」

「そうか」

男は考えこんだ。

「しかし、みんな打ちあけると、キミはボクがキライになるんじゃないのかな」

「そんなことないわ。私、男の人が好きになったのはアナタがはじめてだわ。だから、すてないでね」

男は又、考えこんだ。

「じゃァ、思いきって、言ってやれ、もう、思いきって、言ってしまうほかに手がなくなったんだ。ボクは今日にも自殺するほかには手がなくなったんだ」

「アラ、そんなこと、ある筈《はず》ないじゃないの」

「キミには、わからないことさ。ボクは吾吉氏と同じ境遇なんだよ。わかったかい。出張なんて、デタラメさ。会社の金を使いこんで逃げ廻っていたんだよ。盗んだ金も、なくなったんだ。ボクは強盗して生きのびるほどの度胸はないから、死ぬよりほかに仕方がない。旅先でも、死に場所を探していたのだが、ズルズル東京へ戻ってきてしまったのさ。ただキミが一緒に死んでくれるかどうか、それが不安で、今まで生きてきただけだよ」

「私だって、アナタが死んでしまえば、生きているハリアイがないわ」

ソノ子はこんなに気が弱くなったことはなかった。まだ、十八の小娘なのである。そのときまで毛頭思いもよらなかった死というものに、にわかに引きこまれるような気持になった。彼女は急に男が可哀《かわい》そうで、いとしくなったのである。

たぶん吾吉の境遇との暗合のせいであろう。十八という年齢が、それをうけとめるだけスレていなかったのである。ソノ子はむしろ自分から飛びこむような激しい思いになった。

「私だってパンスケなんかして、生きていたくないわ。だけど、パンスケ以外に、生きる道がないわね。アナタが死ぬなら、私も死ぬわ」

男はポロポロなきだした。ほかに表現がなかったのである。それほど思いつめていたのであった。

ソノ子も心がきまると、死に旅立つことが却《かえ》って希望にみちているような張りがわき起った。彼女は男を残して、髪結屋へ行き、桃割れに結ってもらった。いっぺん、桃割れに結ってみたいと夢にまで見て、果したことがなかったからである。

たくさんの御馳走《ごちそう》をこしらえて、弟や妹も一緒に最後の食事をたのしんだ。ソノ子は髪がくずれることを怖れたので、男の最後の要求も拒絶して、枕《まくら》に頭をつけず、夜更けまで、坐《すわ》り通していた。

「まるで、ボクやボクたちの愛情よりも、桃割れの方が大切みたいじゃないか」

男はソノ子に恨みを云った。

「そんなこと言うのは、アナタに愛情がないせいよ。もう、ほかのことは忘れて、死ぬことばかり考えましょうよ」

「そうか。そうだ。キミはきっと聖処女なんだ」

男は後悔し、感激して、又、泣き沈んだ。そして二人は、夜の明け方、まっくらな中を冷い朝風をあびて、すぐお寺の横を走っている鉄道線路へ並んでねた。

「胴体が真ッ二つじゃ汚らしくッてイヤだから」

と、かねて相談の通り、胴体から足は土堤の方へ、クビだけを線路の上へのせたのである。

ソノ子が怖くなったのは、その時からであった。

「さむい。だいて」

ソノ子は男に接吻《せっぷん》した。そして、立っている男と女が接吻する時のように、巧みに顔をひいて、男には悟らせずにクビの位置をひッこめた。そして男の顔へ、上から唇を押しあてた。

一番列車がやってきたのは、その時だ。ソノ子は唇をはなして、自分も線路を枕にするフリをして身を倒したが、彼女の頭は線路をハミでて、ただ桃割れが乗ッかっていただけであった。

「裏の線路に自殺があったから、ひとつ、回向してやって下さいな」

と町内の者に叩《たた》き起されて、和尚は線路へあがってみた。

死んでいるのは男だ。クビがキレイに切断されて、胴体はひかれた位置に、全然とりみだした跡がなく残っているのである。

クビだけ十間ほどコロコロころがったらしく、サラシ首のように、枕木の上にチャンと立っているのである。大きな目の玉をむいている。おまけに、自分をひいた汽車を見送ったように、行く先の方をマッスグ睨《にら》んでいるのであった。ちッとも取り乱したところがない。

「行儀がいいねえ。このマグロは、自分をひいてくれた汽車に、御苦労様てんで、挨拶《あいさつ》しようてえ心意気なんだね。ユイショある血筋の若ザムライかも知れないよ」

「ハテナ」

和尚はクビを見つめた。

「アッ。あの男だ」

押入れの中に隠れていた男なのである。さては、とうとう、やりやがったか。死ぬ奴は吾吉一人じゃないわよ、と言いやがったが、お尻《しり》の復讐《ふくしゅう》の二人目が成就したのである。

「オーイ。こんなところに、女のマゲがスッ飛んできてやがるよ。このマゲは桃割れだ。頭のツケ根からスッポリ抜けてきたんだね」

一人が離れたところで、こう叫ぶ声がきこえた。

「そういえば、ここんところへ女の下駄《げた》がスッ飛ばされているぜ。じゃァ女もひかれているのかな」

どうやら明るくなり、かなり人々が群れていた。そのとき、下駄を見つけた男がトンキョウな叫びをあげたのである。

「ヤ、女の屍体《したい》を見つけたぞ。ドブの中へハネ飛ばされていやがら。鼻だけ出していやがら。アレ。生きているんじゃないかな。水の中へ沈まないように、手で支えていやがるぜ」

大急ぎで、その場へ駈《か》け寄ったのは和尚であった。

彼はムンズと襟をつかんで、水の中から、ひきぬいた。ソノ子である。

ソノ子は目をあけた。

「ハハァ。さては、死んだふりをしていたな。見届けたぞ」

和尚は思わず大声で叫んだ。

頭の毛がスッポリ抜けているのである。そのほかには、どこにも怪我《けが》がないようだ。毛の抜けたハズミにドブへころがり落ちたのか、人の気配に、ソッとドブへ身を沈めたのか、わからない。

けれども、和尚には一つの情景が目に見えるようであった。一緒に死ぬと見せて、髪の毛だけしか轢《ひ》かせなかったソノ子の手練のたしかさ。これが十八の初陣《ういじん》とは、末恐しい話である。

和尚は突然亢奮《こうふん》した。

「このアマめ。キサマ、死ぬと見せて、男だけ殺したな。はじめから、死ぬる気持がなかったのだな、悪党めが！」

和尚はソノ子を投げ落すと、うしろをまくりあげて、ズロースをひきはいだ。まッしろなお尻《しり》が現れた。

「これだ。これだ。このヤツだ」

和尚は気違いのようだった。お尻をきりもなくヒッパタいているのである。巡査が和尚を遠ざけるのに一苦労したのである。

和尚の行動は、人々には疑惑をまねかずにすんだ。ソノ子の死んだ父親が果すべきセッカンを和尚が代ってやっただけのことだと思われたからである。

和尚は然し、一つの闘争でもあったのだろう。そのくせ、和尚はそれによって一向に救われなかった。

結論として云えば、吾吉の亡魂がかねての宿願を果してソノ子を坊主頭にしたという一つの成就があるだけであった。

髪の毛は一年もたてば生えるものだ。ソノ子は全然こまらなかった。そして、もう、これから先は心中などせずに、ウスノロを徹底的にしぼッて苦しめてやろうと決心しただけのことであった。

風博士

諸君は、東京市某町某番地なる風博士の邸宅を御存じであろう乎《か》？　御存じない。それはたいへん残念である。そして諸君は偉大なる風博士を御存知であろうか？　ない。嗚呼《ああ》。では諸君は遺書だけが発見されて、偉大なる風博士自体は杳《よう》として紛失したことも御存知ないであろうか！　ない。嗟乎《ああ》。では諸君は僕がその筋の嫌疑《けんぎ》のために並み並みならぬ困難を感じていることも御存じあるまい。しかし警察は知っていたのである。そしてその筋の計算によれば、偉大なる風博士は僕と共謀のうえ遺書を捏造《ねつぞう》して自殺を装い、かくてかの憎むべき蛸《たこ》博士の名誉毀損《きそん》をたくらんだに相違あるまいと睨《にら》んだのである。諸君、これは明らかに誤解である。何となれば偉大なる風博士は自殺したからである。果たして自殺した乎？　然り、偉大なる風博士は紛失したのである。諸君は軽率に真理を疑っていいのであろうか？　なぜならば、それは諸君の生涯にさまざまな不運をもたらすに相違ないからである。真理は信ぜられるべき性質のものであるから、諸君は偉大なる風博士の死を信じなければならない。そして諸君は、かの憎むべき蛸《たこ》博士の——あ、諸君はかの憎むべき蛸博士を御存知であろうか？　御存じない。噫呼《ああ》、それはたいへん残念である。では諸君は、まず悲痛なる風博士の遺書を一読しなければなるまい。

風博士の遺書

諸君、彼は禿頭《とくとう》である。然り、彼は禿頭である。禿頭以外の何物でも、断じてこれあるはずはない。彼は鬘《かつら》をもってこれの隠蔽《いんぺい》をなしおるのである。ああこれ実に何たる滑稽《こっけい》！　然り、何たる滑稽である。ああ何たる滑稽である。かりに諸君、一撃を加えて彼の毛髪を強奪せりと想像したまえ、突如諸君は気絶せんとするのである。しかして諸君は気絶以外の何物にも遭遇《そうぐう》することは不可能である。すなわち諸君は、猥褻《わいせつ》名状すべからざる無毛赤色の突起体に深く心魄を打たるるであろう。異様なる臭気は諸氏の余生に消えざる嘆きを与えるに相違ない。忌憚《きたん》なく言えば、彼こそ憎むべき蛸である。人間の仮面を被り、門にあらゆる悪計を蔵《かく》すところの蛸はすなわち彼にほかならぬのである。

諸君、余を指して誣告《ぶこく》の誹《そし》りをやめたまえ、何となれば、真理に誓って彼は禿頭である。なお疑わんとせば諸君よ、巴里《パリ》府モンマルトル三番地、Bis, Perruquier ショオブ氏に訊《き》きたまえ。今を距《さ》ること四十八年前のことなり、二人の日本人留学生によって鬘の購《あがな》われたることを記憶せざるや。一人は禿頭にして肥満すること豚児のごとく愚昧《ぐまい》の相を漂わし、その友人は黒髪明眸《めいぼう》の美少年なりき、と。黒髪明眸なる友人こそすなわち余である。見たまえ諸君、ここに至って彼は果然四十八年以前より禿《は》げていたのである。於戯《ああ》実に慨嘆の至りに堪えんではない乎《か》！　高尚なること槲《かしわ》の木のごとき諸君よ、諸君はなにゆえ彼ごとき陋劣漢《ろうれつかん》を地上より埋没せしめんと願わざる乎。彼は鬘をもってその禿頭を瞞著《まんちゃく》せんとするのである。

諸君、彼は余の憎むべき論敵である。単なる論敵であるか？　否否否。千遍否。余の生活のすべてにおいて彼はまた余の憎むべき仇敵《きゅうてき》である。実に憎むべきであるか？　然り実に憎むべきである！　諸君、彼の教養たるや浅薄しごくでありますぞ。かりに諸君、聡明《そうめい》なること世界地図のごとき諸君よ、諸君は学識深遠なる蛸の存在を認容することができるであろうか？　否否否、万遍否。余はここにあえて彼の無学を公開せんとするものである。

諸君は南欧の小部落バスクを認識せらるるであろうか？　もしも諸君が仏蘭西《フランス》、西班牙《スペイン》両国の国境をなすピレネエ山脈をさまようならば、諸君は山中に散在する小部落バスクに逢着《ほうちゃく》するのである。この珍奇なる部落は、人種、風俗、言語において西欧の全人種に隔絶し、実に地球の半廻転を試みてのち、極東じゃぽん国にいたって初めていちじるしき類似を見出すのである。これ余の研究完成することなくしては、地球の怪談として深く諸氏の心胆を寒からしめたに相違ない。しかして諸君安んぜよ、余の研究は完成し、世界平和に偉大なる貢献を与えたのである。見たまえ、源義経は成吉思汗《ジンギスカン》となったのである。成吉思汗は欧洲を侵略し、西班牙に至ってその消息を失うたのである。然り、義経およびその一党はピレネエ山中最も気候の温順なる所に老後の隠栖《いんせい》を卜《ぼく》したのである。すなわちバスク開闢《かいびゃく》の歴史である。しかるに嗚乎、かの無礼なる蛸博士は不遜《ふそん》千万にも余の偉大なる業績に異論をとなえたのである。彼はいわく、蒙古《もうこ》の欧洲侵略は成吉思汗の後継者太宗の事蹟にかかり、成吉思汗の死後十年の後に当たる、と。実に何たる愚論浅識であろうか。失われたる歴史において、単なる十年が何である乎！　実にこれ歴史の幽玄を冒瀆《ぼうとく》するもはなはだしいではないか。

さて諸君、彼の悪徳を列挙するのは余のはなはだ不本意とするところである。なんとなれば、その犯行は奇想天外にして識者の常識を肯《がえ》んぜしめず、むしろ余に対して誣告の誹りを発せしむる憾《うら》みあるからである。たとえば諸君、頃日《けいじつ》余の戸口にBananaの皮を撒布《さっぷ》し余の殺害を企てたのも彼の方寸に相違ない。愉快にも余は臂部《ひぶ》および肩胛骨《けんこうこつ》に軽微なる打撲傷を受けしのみにて脳震盪《のうしんとう》の被害をこうむるにはいたらなかったのであるが、余の告訴に対して世人は挙げて余を罵倒《ばとう》したのである。諸君はよく余の悲しみを計りうるであろう乎。

賢明にして正大なること太平洋のごとき諸君よ。諸君はこの悲痛なる椿《ちん》事をも黙殺するであろう乎。すなわち彼は余の妻を寝取ったのである！しかして諸君、再び明敏なること触鬚《しょくしゅ》*のごとき諸君よ。余の妻は麗わしきこと高山植物のごとく、実に単なる植物ではなかったのである！ああ三度冷静なること扇風機のごとき諸君よ、かの憎むべき蛸博士はなんらの愛なくして余の妻を奪ったのである。何となれば諸君、ああ諸君永遠に蛸なる動物に戦慄《せんりつ》せよ、すなわち余の妻はバスク生まれの女性であった。彼《か》の女《じょ》は余の研究を助くること、疑いもなく地の塩であったのである。蛸博士はこの点に深く目をつけたのである。ああ、千慮の一失である。然り、千慮の一失である。余は不覚にも、蛸博士の禿頭なる事実を余の妻に教えておかなかったのである。そしてそのために不幸なる彼の女はついに蛸博士に籠絡《ろうらく》せられたのである。

ここにおいてか諸君、余は奮然蹶起《けっき》したのである。打倒蛸！　蛸博士を葬れ、然り、膺懲《ようちょう》せよ、憎むべき悪徳漢！　然り然り。ゆえに余は日夜その方策を練ったのである。諸君はすでに、正当なる攻撃は一つとして彼の詭計《きけい》に敵しがたいゆえんを了解せられたに違いない。しかして今や、ただ一策を地上に見出すのみである。然り、ただ一策である。ゆえに余は深く決意をかため、鳥打帽に面体を隠してのち夜陰に乗じて彼の邸宅に忍び入ったのである。長夜にわたって余は、錠前に関するおよそあらゆる研究書を読破しておいたのである。そのために、余は空気のごとく彼の寝室に侵入することができたのである。そして諸君、余は何のたわいもなくかの憎むべき鬘《かつら》を余の掌中に収めたのである。諸君、目前に露出する無毛赤色の怪物を認めた時に、余は実に万感胸にせまり、溢《あふ》れ出る涙を禁じがたかったのである。諸君よ、翌日の夜明けを期して、かの憎むべき蛸はついに蛸自体の正体を遺憾なく暴露するに至るであろう！　余は躍る胸に鬘をひそめて、再び影のごとく忍び出たのである。

しかるに諸君、ああ諸君、おお諸君、余は敗北したのである。悪略神のごとしとはこれか。ああ蛸は曲者《くせもの》の中の曲者である。誰かよく彼の深謀遠慮を予測しうるであろう乎。翌日彼の禿頭は再び鬘に隠されていたのである。実に諸君、彼はひそかに別の鬘を貯蔵していたのである。余は負けたり矣。刀折れ矢尽きたり矣。余の力をもってして、彼の悪計に及ばざることすでに明白なり矣。諸氏よ、誰人かよく蛸を懲らす勇士なきや。蛸博士を葬れ！　彼を平らなる地上より抹殺《まっさつ》せよ！　諸君は正義を愛さざる乎《か》！

ああやむを得んしだいである。しからば余の方より消え去ることにきめた。

ああ悲しいかな。

諸君は偉大なる風博士の遺書を読んで、どんなに深い感動を催されたであろうか？　そしてどんなに劇《はげ》しい怒りを覚えられたであろうか？　僕にはよくお察しすることができるのである。偉大なる風博士はかくて自殺したのである。然り、偉大なる風博士ははたして死んだのである。きわめて不可解な方法によって、そして屍体《したい》を残さない方法によって、それが行なわれたために、一部の人々はこれを怪しいと睨《にら》んだのである。ああ僕はたいへん残念である。それゆえ僕は唯一の目撃者として、偉大なる風博士の臨終をつぶさに述べたいと思うのである。

偉大なる博士ははなはだ周章《あわ》て者であったのである。たとえば今、部屋の西南端に当たる長椅子《いす》に腰懸けて一冊の書に読み耽《ふけ》っていると仮定するのである。次の瞬間に、偉大なる博士は東北の肱掛椅子《ひじかけいす》に埋もれて、実にあわただしくページをくっているのである。また偉大なる博士は水を呑む場合に、突如コップを呑み込んでいるのである。諸君はその時、実にあわただしい後悔といっしょに黄昏《たそがれ》に似た沈黙がこの書斎に閉じこもるのを認められるに相違ない。順《したが》って、このあわただしい風潮は、この部屋にあるすべての物質を感化せしめずにおかなかったのである。たとえば、時計はいそがしく十三時を打ち、礼節正しい来客がもじもじして腰を下ろそうとしない時に椅子は劇しく癇癪《かんしゃく》を鳴らし、物体の描く陰影は突如太陽に向かって走り出すのである。すべてこれらの狼狽《ろうばい》はきわめて直線的な突風を描いて交錯するために、部屋の中には何本もの飛ぶ矢に似た真空が閃光《せんこう》を散らして騒いでいる習慣であった。時には部屋の中央に一陣の竜巻《たつまき》が彼自身もまた周章てふためいて湧き起こることもあったのである。その刹那《せつな》偉大なる博士はしばしばこの竜巻に巻きこまれて、拳《こぶし》を振りながら忙しく宙返りを打つのであった。

さて、事件の起こった日は、ちょうど偉大なる博士の結婚式に相当していた。花嫁は当年十七歳のたいへん美しい少女であった。偉大なる博士が彼の女に目をつけたのはさすがに偉大なる見識といわねばならない。何となればこの少女は、街頭に立って花を売りながら、三日というもの一本の花も売れなかったにかかわらず、主として雲を眺め、時たまネオンサインを眺めたにすぎぬほど悲劇に対して無邪気であった。偉大なる博士ならびに偉大なる博士らの描く旋風に対照して、これほどふさわしい少女はまれにしか見当たらないのである。僕はこの幸福な結婚式を祝福して牧師の役をつとめ、同時に食卓給仕人となる約束であった。僕は僕の書斎に祭壇をつくり花嫁と向き合わせに端坐して偉大なる博士の来場を待ち構えていたのである。そのうちに夜が明け放れたのである。さすがに花嫁は驚くような軽率はしなかったけれど、僕は内心穏やかでなかったのである。もしも偉大なる博士は間違えてほかの人に結婚を申し込んでいるのかもしれない。そしてその時どんな恥をかいて、地球一面にあわただしい旋風を巻き起こすかもしれないのである。僕は花嫁に理由を述べ、自動車をいそがせて恩師の書斎へ駈けつけた。そして僕は深く安心したのである。その時偉大なる博士は西南端の長椅子に埋もれて飽くことなく一書を貪《むさぼ》り読んでいた。そして、今、東北端の肱掛椅子から移転したばかりに相違ない証拠には、一陣の突風が東北から西南にかけて目に沁《し》み渡る多くの矢を描きながら走っていたのである。

「先生約束の時間がすぎました」

僕はなるべく偉大なる博士を脅かさないように、特に静粛にポオズをとって口上を述べたのであるが、結果においてそれは偉大なる博士を脅かすに充分であった。なぜなら偉大なる博士は色は褪《あ》せていたけれど燕尾服《えんび》を身にまとい、そのうえ膝頭《ひざがしら》にはシルクハットを載せて、たいへん立派なチューリップを胸のボタンにはさんでいたからである。つまり偉大なる博士は深く結婚式を期待し、同時に深く結婚式を失念したに相違ないいろいろの条件を暗示していた。

「POPOPO!」

偉大なる博士はシルクハットを被り直したのである。そして数秒の間疑わしげに僕の顔を凝視《みつ》めていたが、やがて失念していたものをありありと思い出した深い感動が表われたのであった。

「TATATATATAH!」

すでにその瞬間、僕は鋭い叫び声をきいたのみで、偉大なる博士の姿は蹴飛ばされた扉の向こう側に見失っていた。僕はびっくりして追跡したのである。そして奇蹟の起こったのはすなわちちょうどこの瞬間であった。偉大なる博士の姿が突然消え失せたのである。

諸君、開いた形跡のない戸口から、人間は絶対に出入しがたいものである。順って偉大なる博士は外へ出なかったに相違ないのである。そして偉大なる博士は邸宅の内部にもいなかったのである。僕は階段の途中に凝縮して、また響き残っているその慌《あわただ》しい跫音《あしおと》を耳にしながら、ただ一陣の突風が階段の下に舞い狂うのを見たのみであった。

諸君、偉大なる博士は風となったのである。はたして風となったか？　然り風となったのである。何となればその姿が消え失せたではないか。姿見えざるはこれすなわち風である乎《か》？　然り、これすなわち風である。何となれば姿が見えないではない乎。これ風以外の何物でもあり得ない。風である。然り風である風である風である。諸氏はなお、この明白なる事実を疑ぐるのであろうか。それはたいへん残念である。それでは僕は、さらに動かすべからざる科学的根拠を付け加えよう。この日、かの憎むべき蛸博士は、あたかもこの同じ瞬間において、インフルエンザに犯されたのである。

私は海をだきしめていたい

私はいつも神様の国へ行こうとしながら地獄の門を潜《くぐ》ってしまう人間だ。ともかく私は始めから地獄の門をめざして出掛ける時でも、神様の国へ行こうということを忘れたことのない甘ったるい人間だった。私は結局地獄というものに戦慄《せんりつ》したためしはなく、馬鹿のようにたわいもなく落付いていられるくせに、神様の国を忘れることが出来ないという人間だ。私は必ず、今に何かにひどい目にヤッツケられて、叩《たた》きのめされて、甘ったるいウヌボレのグウの音も出なくなるまで、そしてほんとに足すべらして真逆《まっさか》様《さま》に落されてしまう時があると考えていた。

私はずるいのだ。悪魔の裏側に神様を忘れず、神様の陰で悪魔と住んでいるのだから。今に、悪魔にも神様にも復讐《ふくしゅう》されると信じていた。けれども、私だって、馬鹿は馬鹿なりに、ここまで何十年か生きてきたのだから、ただは負けない。そのときこそ、刀折れ、矢尽きるまで、悪魔と神様を相手に組打ちもするし、蹴《け》とばしもするし、めったやたらに乱戦乱闘してやろうと悲愴《ひそう》な覚悟をかためて、生きつづけてきた。ずいぶん甘ったれているけれども、ともかく、いつか、化の皮がはげて、裸にされ、毛をむしられて、突き落される時を忘れたことだけはなかったのだ。

利巧な人は、それもお前のずるさのせいだと云うだろう。私もそう思う。私は悪人です、と言うのは、私は善人ですと言うことよりもずるい。私もそう思う。でも、何とでも言うがいいや。私は、私自身の考えることも一向に信用してはいないのだから。

＊

私は然《しか》し、ちかごろ妙に安心するようになってきた。うっかりすると、私は悪魔にも神様にも蹴とばされず、裸にされず、毛をむしられず、無事安穏にすむのじゃないかと、変に思いつく時があるようになった。

そういう安心を私に与えるのは、一人の女であった。この女はうぬぼれの強い女で、頭が悪くて、貞操の観念がないのである。私はこの女の外のどこも好きではない。ただ肉体が好きなだけだ。

全然貞操の観念が欠けていた。苛々《いらいら》すると自転車に乗って飛びだして、帰りには膝小僧《ひざこぞう》だの腕のあたりから血を流してくることがあった。ガサツな慌て者だから、衝突したり、ひっくり返ったりするのである。そのことは血を見れば分るけれども、然し、血の流れぬようなイタズラを誰とどこでしてきたかは、私には分らない。分らぬけれども、想像はできるし、又、事実なのだ。

この女は昔は女郎であった。それから酒場のマダムとなって、やがて私と生活するようになったが、私自身も貞操の念は稀薄《きはく》なので、始《はじめ》から、一定の期間だけの遊びのつもりであった。この女は娼婦《しょうふ》の生活のために、不感症であった。肉体の感動というものが、ないのである。

肉体の感動を知らない女が、肉体的に遊ばずにいられぬというのが、私には分らなかった。精神的に遊ばずにいられぬというなら、話は大いに分る。ところが、この女ときては、てんで精神的な恋愛などは考えておらぬので、この女の浮気というのは、不感症の肉体をオモチャにするだけのことなのである。

「どうして君はカラダをオモチャにするのだろうね」

「女郎だったせいよ」

女はさすがに暗然としてそう言った。しばらくして私の唇をもとめるので、女の頰《ほお》にふれると、泣いているのだ。私は女の涙などはうるさいばかりで一向に感動しないたちであるから、

「だって、君、変じゃないか、不感症のくせに……」

私が言いかけると、女は私の言葉を奪うように激しく私にかじりついて、

「苦しめないでよ。ねえ、許してちょうだい。私の過去が悪いのよ」

女は狂気のように私の唇をもとめ、私の愛撫《あいぶ》をもとめた。女は嗚咽《おえつ》し、

すがりつき、身もだえたが、然し、それは激情の亢奮《こうふん》だけで、肉体の真実の喜びは、そのときも、なかったのである。

私の冷めたい心が、女の虚《むな》しい激情を冷然と見すくめていた。すると女が突然目を見開いた。その目は憎しみにみちていた。火のような憎しみだった。

＊

私は然し、この女の不具な肉体が変に好きになってきた。

真実というものから見捨てられた肉体は、なまじい真実なものよりも、冷めたい愛情を反映することができるような、幻想的な執着を持ちだしたのである。私は女の肉体をだきしめているのでなしに、女の肉体の形をした水をだきしめるような気持になることがあった。

「私なんか、どうせ変チクリンな出来損いよ。私の一生なんか、どうにでも、勝手になるがいいや」

女は遊びのあとには、特別自嘲《じちょう》的になることが多かった。

女のからだは、美しいからだであった。腕も脚も、胸も腰も、痩《や》せているようで肉づきの豊かな、そして肉づきの水々しくやわらかな、見あきない美しさがこもっていた。私の愛しているのは、ただその肉体だけだということを女は知っていた。

女は時々私の愛撫をうるさがったが、私はそんなことは顧慮しなかった。私は女の腕や脚をオモチャにしてその美しさをボンヤリ眺めていることが多かった。女もボンヤリしていたり、笑いだしたり、怒ったり、憎んだりした。

「怒ることと憎むことをやめてくれないか。ボンヤリしていられないのか」

「だって、うるさいのだもの」

「そうかな。やっぱり君は人間か」

「じゃァ、なによ」

私は女をおだてるとつけあがることを知っていたから黙っていた。山の奥底の森にかこまれた静かな沼のような、私はそんななつかしい気がすることがあった。ただ冷めたい、美しい、虚しいものを抱きしめていることは、肉慾《にくよく》の不満は別に、せつない悲しさがあるのであった。

女の虚しい肉体は、不満であっても、不思議に、むしろ、清潔を覚えた。私は私のみだらな魂がそれによって静かに許されているような幼いなつかしさを覚えることができた。

ただ、私の苦痛は、こんな虚しい清潔な肉体が、どうして、ケダモノのような憑《つ》かれた浮気をせずにいられないのだろうか、ということだけだった。私は女の淫蕩《いんとう》の血を憎んだが、その血すらも、時には清潔に思われてくる時があった。

＊

私自身が一人の女に満足できる人間ではなかった。私はむしろ如何《いか》なる物にも満足できない人間であった。私は常にあこがれている人間だ。

私は恋をする人間ではない。私はもはや恋することができないのだ。なぜなら、あらゆる物が「タカの知れたもの」だということを知ってしまったからだった。

ただ私には仇心《あだしごころ》があり、タカの知れた何物かと遊ばずにいられなくなる。その遊びは、私にとっては、常に陳腐で、退屈だった。満足もなく、後悔もなかった。

女も私と同じだろうか、と私は時々考えた。私自身の淫蕩の血と、この女の淫蕩の血と同じものであろうか。私はそのくせ、女の淫蕩の血を時々呪《のろ》った。

女の淫蕩の血が私の血と違うところは、女は自分で狙《ねら》うこともあるけれども、受身のことが多かった。人に親切にされたり、人から物を貰《もら》ったりすると、その返礼にカラダを与えずにいられぬような気持になってしまうのだった。私は、そのたよりなさが不愉快であった。然し私はそういう私自身の考えに就《つい》ても、疑らずにいられなかった。私は女の不貞を呪っているのか、不貞の根柢《こんてい》がたよりないということを呪っているのだろうか。もしも女がたよりない浮気の仕方をしなくなれば、女の不貞を呪わずにいられるであろうか、と。私は然し女の浮気の根柢がたよりないということで怒る以外に仕方がなかった。なぜなら、私自身が御同様、浮気の虫に憑かれた男であったから。

「死んでちょうだい。一しょに」

私に怒られると、女は言うのが常であった。死ぬ以外に、自分の浮気はどうにもすることができないのだということを本能的に叫んでいる声であった。女は死にたがってはいないのだ。然し、死ぬ以外に浮気はどうにもならないという叫びには、切実な真実があった。この女のからだは嘘《うそ》のからだ、虚しいむくろであるように、この女の叫びは嘘ッパチでも、嘘自体が真実よりも真実だということを、私は妙に考えるようになった。

「あなたは嘘つきでないから、いけない人なのよ」

「いや、僕は嘘つきだよ。ただ、本当と嘘とが別々だから、いけないのだ」

「もっと、スレッカラシになりなさいよ」

女は憎しみをこめて私を見つめた。けれども、うなだれた。それから、又、顔を上げて、食いつくような、こわばった顔になった。

「あなたが私の魂を高めてくれなければ、誰が高めてくれるの」

「虫のいいことを言うものじゃないよ」

「虫のいいことって、何よ」

「自分のことは、自分でする以外に仕方がないものだ。僕は僕のことだけで、いっぱいだよ。君は君のことだけで、いっぱいになるがいいじゃないか」

「じゃ、あなたは、私の路傍の人なのね」

「誰でも、さ。誰の魂でも、路傍でない魂なんて、あるものか。夫婦は一心同体だなんて、馬鹿も休み休み言うがいいや」

「なによ。私のからだになぜさわるのよ。あっちへ行ってよ」

「いやだ。夫婦とは、こういうものなんだ。魂が別々でも、肉体の遊びだけがあるのだから」

「いや。何をするのよ。もう、いや。絶対に、いや」

「そうは言わせぬ」

「いやだったら」

女は憤然として私の腕の中からとびだした。衣服がさけて、だらしなく、肩が現われていた。女の顔は怒りのために、こめかみに、青い筋がピクピクしていた。

「あなたは私のからだを金で買っているのね。わずかばかりの金で、娼婦《しょうふ》を買う金の十分の一にも当らない安い金で」

「その通りさ。君にはそれが分るだけ、まだ、ましなんだ」

＊

私が肉慾《にくよく》的になればなるほど、女のからだが透明になるような気がした。

それは女が肉体の喜びを知らないからだ。私は肉慾に亢奮《こうふん》し、あるときは逆上し、あるときは女を憎み、あるときはこよなく愛した。然し、狂いたつものは私のみで、応ずる答えがなく、私はただ虚《むな》しい影を抱いているその孤独さをむしろ愛した。

私は女が物を言わない人形であればいいと考えた。目も見えず、声もきこえず、私の孤独な肉慾に応ずる無限の影絵であって欲しいと希《ねが》っていた。

そして私は、私自身の本当の喜びは何だろうかということに就て、ふと、思いつくようになった。私の本当の喜びは、あるときは鳥となって空をとび、あるときは魚となって沼の水底をくぐり、あるときは獣となって野を走ることではないだろうか。

私の本当の喜びは恋をすることではない。肉慾にふけることではない。ただ、恋につかれ、恋にうみ、肉慾につかれて、肉慾をいむことが常に必要なだけだ。

私は、肉慾自体が私の喜びではないことに気付いたことを、喜ぶべきか、悲しむべきか、信ずべきか、疑うべきか、迷った。

鳥となって空をとび、魚となって水をくぐり、獣となって山を走りたいとは、どういう意味だろう？　私は又、ヘタクソな嘘《うそ》をつきすぎているようで厭《いや》でもあったが、私はたぶん、私は孤独というものを、見つめ、狙っているのではないかと考えた。

女の肉体が透明となり、私が孤独の肉慾にむしろ満たされて行くことを、私はそれが自然であると信じるようになっていた。

＊

女は料理をつくることが好きであった。自分がうまい物を食べたいせいであった。又、身辺の清潔を好んだ。夏になると、洗面器に水を入れ、それに足をひたして、壁にもたれていることがあった。夜、私がねようとすると、私の額に冷いタオルをのせてくれることがあった。気まぐれだから、毎日の習慣というわけではないので、私はむしろ、その気まぐれが好きだった。

私は常に始めて接するこの女の姿態の美しさに目を打たれていた。たとえば、頰杖《ほおづえ》をつきながらチャブ台をふく姿態だの、洗面器に足をつッこんで壁にもたれている姿態だの、そして又、時には何も見えない暗闇《くらやみ》で突然額に冷いタオルをのせてくれる妙チキリンなその魂の姿態など。

私は私の女への愛着が、そういうものに限定されていることを、あるときは満たされもしたが、あるときは悲しんだ。みたされた心は、いつも、小さい。小さくて、悲しいのだ。

女は果物《くだもの》が好きであった。季節季節の果物を皿にのせて、まるで、常に果物を食べつづけているような感じであった。食慾をそそられる様子でもあったが、妙に貪食《どんしょく》を感じさせないアッサリした食べ方で、この女の淫蕩《いんとう》の在り方を非常に感じさせるのであった。それも私には美しかった。

この女から淫蕩をとりのぞくと、この女は私にとって何物でもなくなるのだということが、だんだん分りかけてきた。この女が美しいのは淫蕩のせいだ。すべて気まぐれな美しさだった。

然し、女は自分の淫蕩を怖れてもいた。それに比べれば、私は私の淫蕩を怖れてはいなかった。ただ、私は、女ほど、実際の淫蕩に耽《ふけ》らなかっただけの事だ。

「私は悪い女ね」

「そう思っているのか」

「よい女になりたいのよ」

「よい女とは、どういう女のことだえ」

女の顔に怒りが走った。そして、泣きそうになった。

「あなたはどう思っているのよ。私が憎いの？　私と別れるつもり？　そして、あたりまえの奥さんを貰《もら》いたいのでしょう」

「君自身は、どうなんだ」

「あなたのことを、おっしゃいよ」

「僕は、あたりまえの奥さんを貰いたいとは思っていない。それだけだ」

「うそつき」

私にとって、問題は、別のところにあった。私はただ、この女の肉体に、みれんがあるのだ。それだけだった。

＊

私は、どうして女が私から離れないかを知っていた。外《ほか》の男は私のようにともかく女の浮気を許して平然としていないからだ。又、その上に、私ほど深く、女の肉体を愛す男もなかったからだ。

私は、肉体の快感を知らない女の肉体に、秘密の喜びを感じている私の魂が、不具ではないかと疑らねばならなかった。私自身の精神が、女の肉体に相応して、不具であり、畸《き》形《けい》であり、病気ではないかと思った。

私は然し、歓喜仏のような肉慾の肉慾的な満足の姿に自分の生を托《たく》すだけの勇気がない。私は物その物が物その物であるような、動物的な真実の世界を信じることができないのである。肉慾の上にも、精神と交錯した虚妄の影に絢《いろ》どられていなければ、私はそれを憎まずにいられない。私は最も好色であるから、単純に肉慾的では有り得ないのだ。

私は女が肉体の満足を知らないということの中に、私自身のふるさとを見出していた。満ち足ることの影だにない虚しさは、私の心をいつも洗ってくれるのだ。私は安んじて、私自身の淫慾《いんよく》に狂うことができた。何物も私の淫慾に答えるものがないからだった。その清潔と孤独さが、女の脚や腕や腰を一そう美しく見せるのだった。

肉慾すらも孤独でありうることを見出した私は、もうこれからは、幸福を探す必要はなかった。私は甘んじて、不幸を探しもとめればよかった。

私は昔から、幸福を疑い、その小ささを悲しみながら、あこがれる心をどうすることもできなかった。私はようやく幸福と手を切ることができたような気がしたのである。

私は始めから不幸や苦しみを探すのだ。もう、幸福などは希わない。幸福などというものは、人の心を真実なぐさめてくれるものではないからである。かりそめにも幸福になろうなどとは思ってはいけないので、人の魂は永遠に孤独なのだから。そして私は極めて威勢よく、そういう念仏のようなことを考えはじめた。

ところが私は、不幸とか苦しみとかが、どんなものだか、その実、知っていないのだ。おまけに、幸福がどんなものだか、それも知らない。どうにでもなれ。私はただ、私の魂が何物によっても満ち足ることがないことを確信したというのだろう。私はつまり、私の魂が満ち足ることを欲しない建前となっただけだ。

そんなことを考えながら、私は然し、犬ころのように女の肉体を慕うのだった。私の心はただ貪慾《どんよく》な鬼であった。いつも、ただ、こう呟《つぶや》いていた。どうして、なにもかも、こう、退屈なんだ。なんて、やりきれない虚しさだろう。

私はあるとき女と温泉へ行った。

海岸へ散歩にでると、その日は物凄《ものすご》い荒れ海だった。女は跣足《はだし》になり、波のひくまを潜って貝殻をひろっている。女は大胆で、敏活だった。波の呼吸をのみこんで、海を征服しているような奔放な動きであった。私はその新鮮さに目を打たれ、どこかで、時々、思いがけなく現れてくる見知らぬ姿態のあざやかさを貪《むさぼ》り眺めていたが、私はふと、大きな、身の丈の何倍もある波が起って、やにわに女の姿が呑《の》みこまれ、消えてしまったのを見た。私はその瞬間、やにわに起った波が海をかくし、空の半分をかくしたような、暗い、大きなうねりを見た。私は思わず、心に叫びをあげた。

それは私の一瞬の幻覚だった。空はもう、はれていた。女はまだ波のひくまを潜って、駈《か》け廻っている。私は然しその一瞬の幻覚のあまりの美しさに、さめやらぬ思いであった。私は女の姿の消えて無くなることを欲しているのではない。私は私の肉慾に溺《おぼ》れ、女の肉体を愛していたから、女の消えてなくなることを希ったためしはなかった。

私は谷底のような大きな暗緑色のくぼみを深めてわき起り、一瞬にしぶきの奥に女を隠した水のたわむれの大きさに目を打たれた。女の無感動な、ただ柔軟な肉体よりも、もっと無慈悲な、もっと無感動な、もっと柔軟な肉体を見た。海という肉体だった。ひろびろと、なんと壮大なたわむれだろうと私は思った。

私の肉慾も、あの海の暗いうねりにまかれたい。あの波にうたれて、くぐりたいと思った。私は海をだきしめて、私の肉慾がみたされてくればよいと思った。私は肉慾の小ささが悲しかった。

注釈

『風博士』

九四＊触鬚《しょくしゅ》　下等動物の口辺にはえている鬚《ひげ》のようなもので、触覚をつかさどっている。

本書は、昭和四五年三月に小社より刊行した『白痴・二流の人』および平成九年十二月に小社より刊行した『肝臓先生』を底本に再編集したものです。なお本文中には、妾、白痴、気違い、支那、パンスケ、不具、畸形など、今日の人権擁護の見地に照らして使うべきではない語句や、不適切な表現があります。しかしながら、作品全体を通じて差別を助長する意図はなく、執筆当時の時代背景や社会世相、また著者が故人であることを考慮の上、原文のままとしました。（編集部）

100分間《ぶんかん》で楽《たの》しむ名作小説《めいさくしょうせつ》

白痴《はくち》

坂口安吾《さかぐちあんご》

令和6年 11月25日　初版発行
令和7年 5月5日　再版発行

発行者●山下直久

発行●株式会社KADOKAWA
〒102-8177　東京都千代田区富士見2-13-3
電話　0570-002-301（ナビダイヤル）

角川文庫 24403

印刷所●株式会社暁印刷
製本所●本間製本株式会社

表紙画●和田三造

Printed in Japan
ISBN 978-4-04-115250-8　C0193

角川文庫発刊に際して

角川源義

第二次世界大戦の敗北は、軍事力の敗北であった以上に、私たちの若い文化力の敗退であった。私たちの文化が戦争に対して如何に無力であり、単なるあだ花に過ぎなかったかを、私たちは身を以て体験し痛感した。西洋近代文化の摂取にとって、明治以後八十年の歳月は決して短かすぎたとは言えない。にもかかわらず、近代文化の伝統を確立し、自由な批判と柔軟な良識に富む文化層として自らを形成することに私たちは失敗して来た。そしてこれは、各層への文化の普及滲透を任務とする出版人の責任でもあった。

一九四五年以来、私たちは再び振出しに戻り、第一歩から踏み出すことを余儀なくされた。これは大きな不幸ではあるが、反面、これまでの混沌・未熟・歪曲の中にあった我が国の文化に秩序と確たる基礎を齎らすためには絶好の機会でもある。角川書店は、このような祖国の文化的危機にあたり、微力をも顧みず再建の礎石たるべき抱負と決意とをもって出発したが、ここに創立以来の念願を果すべく角川文庫を発刊する。これまで刊行されたあらゆる全集叢書文庫類の長所と短所とを検討し、古今東西の不朽の典籍を、良心的編集のもとに、廉価に、そして書架にふさわしい美本として、多くのひとびとに提供しようとする。しかし私たちは徒らに百科全書的な知識のジレッタントを作ることを目的とせず、あくまで祖国の文化に秩序と再建への道を示し、この文庫を角川書店の栄ある事業として、今後永久に継続発展せしめ、学芸と教養との殿堂として大成せんことを期したい。多くの読書子の愛情ある忠言と支持とによって、この希望と抱負とを完遂せしめられんことを願う。

一九四九年五月三日